PART 11

トキメキ♥図《と》書《しょ》館《かん》

—恋《こい》の大《だい》バトル!?—

服部千春／作　ほおのきソラ／絵

講談社 青い鳥文庫

もくじ

おもな登場人物《とうじょうじんぶつ》

酒井亮介《さかいりょうすけ》

萌《もえ》のクラスメイト。宙《そら》の親友《しんゆう》で、お調子者《ちょうしもの》。

野沢奈津《のざわなつ》

萌《もえ》のクラスメイト。バレーボールクラブに所属《しょぞく》。

有本《ありもと》ひとみ

美人《びじん》でやさしい、生徒《せいと》たちから大人気《だいにんき》の司書教諭《ししょきょうゆ》。

山本《やまもと》　宙《そら》

萌《もえ》のクラスメイト。3年生《ねんせい》の夏《なつ》に父親《ちちおや》と双子《ふたご》の兄《あに》を亡《な》くし、母親《ははおや》とふたり暮《ぐ》らし。

白石《しらいし》　萌《もえ》

朝日小学校《あさひしょうがっこう》、6年《ねん》1組《くみ》の図書《としょ》委員《いいん》で、本《ほん》が大好《だいす》きな女《おんな》の子《こ》。愛犬《あいけん》はソラ。

加賀《かが》　雅《みやび》

萌《もえ》のクラスメイトで、図書《としょ》委員《いいん》。美人《びじん》で気《き》が強《つよ》い。

白石真理《しらいしまり》

萌《もえ》の姉《あね》。夕日丘学園《ゆうひがおかがくえん》に通《かよ》う中学《ちゅうがく》2年生《ねんせい》。

坂口先生《さかぐちせんせい》

6年《ねん》1組《くみ》の担任教師《たんにんきょうし》。バレーボールクラブの顧問《こもん》。

1 祥子《しょうこ》さんがいない

空《そら》が高《たか》いって、いったいどういう状態《じょうたい》なんだろう？
テレビでキャスターの女《おんな》の人《ひと》が、「九月《がつ》、秋《あき》の空《そら》が高《たか》いです。」なんていっていた。
でも、季節《きせつ》によって、空《そら》の高《たか》さってちがうものなのかな？
春《はる》の空《そら》は、秋《あき》の空《そら》より低《ひく》い？
じゃあ、夏《なつ》の空《そら》と冬《ふゆ》の空《そら》は？
わたしは、すんだ青空《あおぞら》を見上《みあ》げて、そんなことを思《おも》った。
「ワンッ！」
ソラが一声《ひとこえ》鳴《な》いた。
ソラは、わたしの足元《あしもと》にちょこんとおすわりをして、不思議《ふしぎ》そうに首《くび》をかしげてわたしを見《み》ている。

朝《あさ》の散歩《さんぽ》のとちゅう、わたしが公園《こうえん》で立《た》ち止《ど》まって、空《そら》を見上《みあ》げたりしたからだ。

わたしのイヌ、ソラはビーグル犬《けん》の女《おんな》の子《こ》。

「ソラ、ごめん、ごめん。空《そら》を見《み》てたら、ぼーっとなっちゃって……うん？」

ソラは、右《みぎ》にかしげていた首《くび》を、こんどは左《ひだり》にたおした。

「あ、ごめん。あの、ソラのそらじゃなくて、空《そら》のそらだってば……っていってもわからないよね。あはは。」

わたしは、自分《じぶん》でいって、自分《じぶん》で笑《わら》った。

まして、宙《そら》のそらでもない……。

空《そら》とソラと宙《そら》。ぐうぜんにして、三つともおんなじ「そら」だ。

人間《にんげん》の宙《そら》、学校《がっこう》でわたしと同《おな》じく六年《ねん》一組《くみ》の山本宙《やまもとそら》は、宇宙《うちゅう》の宙《ちゅう》の字《じ》を書《か》いて、そらと読《よ》む。

だからわたしは、空《そら》を見上《みあ》げても、ソラの名前《なまえ》をよんでも、つい宙《そら》の顔《かお》を思《おも》いうかべてしまう。まったく、こまったもんだ。

「あーあ。ほんと、変《へん》なクセがついちゃった……。」

ソラは、わたしの顔《かお》をじいっと見《み》ている。

(それって、ほんと、クセなの？)

まるで、そういいたそうな顔《かお》だ。

「クセだよ、クセ。よしっ。じゃあ、ソラ、走《はし》ろうか！」

「ワンッ！」

わたしは、ソラのリードを引《ひ》いて、身《み》がまえる。

「よーい、ドンッ！」

そのとき、ふいに目《め》の前《まえ》に人影《ひとかげ》が現《あらわ》れた。

「萌《もえ》ちゃん。」

走《はし》りだそうとした足《あし》で、たたらをふんで元《もと》にもどった。

「うわっ！　信介《しんすけ》さんっ!?」

それは、年《とし》のはなれたわたしのお友《とも》だち、相田信介《あいだしんすけ》さんだった。

信介《しんすけ》さんの今日《きょう》の服装《ふくそう》は、茶系統《ちゃけいとう》のチェックのシャツに、ベージュのズボン。きれいな白髪頭《しらがあたま》の信介《しんすけ》さんによく似《に》あっている。

ときどき思《おも》うのだけれど、わたしの前《まえ》に出《で》てくる人たち、、、、は、いつも季節《きせつ》とその人《ひと》にあったステキな服装《ふくそう》をしている。向こうの世界にも、大《おお》きなクローゼットみたいなものがあって、そこから着《き》る服《ふく》をえらんでくるのだろうか？

ソラは、わたしよりも早《はや》くに信介《しんすけ》さんに気《き》づいたのだろう。信介《しんすけ》さんのひざに飛《と》びついて甘《あま》えにいっていた。

「萌《もえ》ちゃんも、ソラも、ひさしぶりだね。元気《げんき》だったかい？」

信介《しんすけ》さんは、もともと少《すこ》しまがっている腰《こし》をさらに折《お》りまげるようにかがんで、ソラの頭《あたま》をなでてくれる。

わたしは、信介《しんすけ》さんのしわだった大《おお》きな手《て》をながめた。

(信介《しんすけ》さん……。)

信介《しんすけ》さんは、わたしの目《め》の前《まえ》にいるけれど、じつはほんとうはここにいるはずのない人《ひと》だ。

信介《しんすけ》さんのすがたは、わたしとソラにしか見《み》えてはいない。

そう。信介《しんすけ》さんは、とっくに亡《な》くなってしまっている人《ひと》なのだ。

信介《しんすけ》さんは、亡《な》くなっているけれども、奥《おく》さんの祥子《しょうこ》さんを見守《みまも》るためにここにとどまっている。

(あれ? そういえば……。)

わたしは気《き》になって、信介《しんすけ》さんにたずねた。

「信介《しんすけ》さん。祥子《しょうこ》さんはいないの? どうしたの?」

「あ、いや。祥子《しょうこ》さんは、ちょっと体《からだ》の調子《ちょうし》がわるくてね……。」

そういって、信介《しんすけ》さんは少《すこ》しこまったような表情《ひょうじょう》をした。

「祥子《しょうこ》さん、どうしたの? 病気《びょうき》?」

わたしは、急《きゅう》に心配《しんぱい》になった。

「う、うん。祥子《しょうこ》さんはだいじょうぶ。わたしがついているからね。それより、しばらく会《あ》っていないから、萌《もえ》ちゃんたちのことが気《き》になってね。どうだい？　最近《さいきん》、なにかこまっていることとか、ないかい？」

信介《しんすけ》さんは、ぎゃくにわたしたちのことを心配《しんぱい》してくれている。

「ううん。わたしたちは、だいじょうぶ。べつになにもこまってることはないから。」

「そうかい。それはよかった。じゃあ、萌《もえ》ちゃんも、ソラも、元気《げんき》でな。」

そういってソラの頭《あたま》をなでてくれていた信介《しんすけ》さんのすがたが、ふっと見《み》えなくなった。

「信介《しんすけ》さん？」

突然現《とつぜんあらわ》れて、突然消《とつぜんき》えてしまった。

信介《しんすけ》さんは、きっと祥子《しょうこ》さんのそばにもどったのだな、と思《おも》った。

信介《しんすけ》さんのすがたが消《き》えて、ソラはまた首《くび》をかしげている。

「ソラ、祥子《しょうこ》さん、どうしたんだろうね。心配《しんぱい》だね。」

わたしは、公園《こうえん》から帰《かえ》る道《みち》すがら考《かんが》えた。

そういえば、ここしばらく、祥子《しょうこ》さんとも信介《しんすけ》さんとも会《あ》っていなかった。

（いつから？　いつから会《あ》っていないの？）

思《おも》いだそうとしても、思《おも》いだせない。

祥子《しょうこ》さんは、よく公園《こうえん》の遊歩道《ゆうほどう》のベンチに腰《こし》かけていた。そこが、信介《しんすけ》さんとの思《おも》い出《で》の場所《ばしょ》だといって。

このベンチにすわっていると、まるで信介《しんすけ》さんといっしょにいるような気《き》がして、さみしくなくなる、なんてことをいっていた。

だって、祥子《しょうこ》さんには見《み》えないけれど、じっさい信介《しんすけ》さんは、祥子《しょうこ》さんのとなりにすわっていたんだもの。

信介《しんすけ》さんは、いつもこのベンチで祥子《しょうこ》さんをまっていたんだもの。

わたしったら、最近《さいきん》祥子《しょうこ》さんと信介《しんすけ》さんが公園《こうえん》に来《き》ていないのに気《き》づかなかったんだ。

なんで？　なんでだろう？

「ソラ？　ソラは、気《き》づいてた？　信介《しんすけ》さんと祥子《しょうこ》さんが公園《こうえん》にいないの、わかってた？」

「ワンッ！」

一声鳴《ひとこえな》いたソラの声《こえ》が、わたしには、「気《き》づいてたよ。」と聞《き》こえた。

「そう。それなのに、わたしは気《き》づかなかったんだ……。」

そういえば、夏休《なつやす》みのあいだに一度《ど》だけ、

(今日《きょう》は祥子《しょうこ》さんいないなぁ。)

と思《おも》ったことがあった。

そのときも、真夏《まなつ》で暑《あつ》くなったからだろうなんて、勝手《かって》に暑《あつ》さのせいにしておいたのだった。

わたしは、最近自分《さいきんじぶん》のことばかり考《かんが》えていて、まわりの人《ひと》たちのことを気《き》にしていなかったのかもしれない。

この町《まち》に引《ひ》っ越《こ》してきてまだ間《ま》がないとき、新《あたら》しい生活《せいかつ》になれないわたしに、信介《しんすけ》さんも祥子《しょうこ》さんも、やさしく声《こえ》をかけてくれた。

それなのに、その二人《ふたり》のどちらも公園《こうえん》に来《き》ていないのに、わたしはなんとも思《おも》わなかったんだ……。

「ソラ……。今日《きょう》、学校《がっこう》から帰《かえ》ったら、祥子《しょうこ》さんちに行《い》ってみようか。」

ソラをだきあげて、わたしは、こつんとした感触《かんしょく》の頭《あたま》にほおずりをした。

ソラは、なにかを感《かん》じたのか、わたしのほっぺたをペロペロとなめてくれる。

「ありがとう。」といって、ソラを下《した》におろす。

「ソラ、帰《かえ》ろう。じゃあ、よーい、ドンッ！」

こんどこそはと、ソラと走《はし》りだす。

けれども、わたしの頭《あたま》の中《なか》は、祥子《しょうこ》さんのことでいっぱいだ。あとで祥子《しょうこ》さんの家《いえ》に行《い》ってみよう。

（えっ？　でも、おうちって……どこ？）

祥子《しょうこ》さんとは公園《こうえん》で会《あ》うだけで、祥子《しょうこ》さんがどこに住《す》んでいるのか、考《かんが》えたらわたしはなにも知《し》らないのだった。

タッ、タッ、タッ、タッ……。

後《うし》ろから近《ちか》づいてきた、軽快《けいかい》な足音《あしおと》の主《ぬし》が、わたしの肩《かた》をポンッとたたいた。

「萌《もえ》っ！」

おどろいてふり返《かえ》ると、山本宙《やまもとそら》だった。

「えっ!? 宙《そら》くんっ！」

宙《そら》は、いつものランニング用《よう》の青《あお》いジャージを着《き》ている。

宙《そら》は、学校《がっこう》のみんなから「トレーニングおたく」なんていわれるくらい、毎日《まいにち》のランニングをかかさないのだ。

それもこれも、三年生《ねんせい》の夏《なつ》に亡《な》くなったふたごの兄《あに》の海《かい》の分《ぶん》まで二人分《ふたりぶん》がんばろうという、宙《そら》の健気《けなげ》さからきていることなんだけれど……。

宙《そら》は、ひょいと手《て》を下《した》にのばして、ソラの頭《あたま》をなでる。

「公園《こうえん》の中《なか》を通《とお》って帰《かえ》ろうとしたら、萌《もえ》とソラが見《み》えたから……。」

「追《お》いかけてきてくれたの？」

宙《そら》は、かたっぽのほっぺたで、ニヤッと笑《わら》った。

「ソラもわたしも、全速力《ぜんそくりょく》で走《はし》ってたのに……。」

わたしがそういうと、宙《そら》はこんどは上《うえ》を向《む》いて、大《おお》きな口《くち》を開《あ》けて笑《わら》った。

「あははは……。あれが、全速力《ぜんそくりょく》ってか？　オレが、追《お》いつけないくらいの？　ははは……。」

あまりにも笑《わら》われて、ちょっとすねたくなった。

「そんなに、笑《わら》わなくったってさ……。」

見《み》ると、ソラまでおかしそうな顔《かお》で、ぺろんと舌《した》を出《だ》している。

「萌《もえ》、あれが全力疾走《ぜんりょくしっそう》なんだったら、もっときたえたほうがいいぞ。運動会《うんどうかい》もあることだし。」

「えーっ。わたしは、いいよ。まちがいで、またリレーの選手《せんしゅ》になんてなったら、クラスのみんなにめいわくかけちゃうもん。」

「めいわくなんてこと、はじめっから考《かんが》えちゃだめだ……。」

わたしは、そこで、はっと気《き》づいた。

（あっ、わたし、変《へん》なこといっちゃった。）

一年《ねん》まえ、五年生《ねんせい》の夏休《なつやす》みに、ここ夕日丘市《ゆうひがおかし》に引《ひ》っ越《こ》してきたわたし。朝日小学校《あさひしょうがっこう》に転校《てんこう》してすぐ、運動会《うんどうかい》のクラス対抗《たいこう》リレーで選手《せんしゅ》にえらばれてしまった。選手決《せんしゅぎ》めのときに計《はか》った五十メートル走《そう》のタイムが、たまたまよかったせいだ。

去年《きょねん》のリレーで五番走者《ばんそうしゃ》だったわたしは、アンカーの宙《そら》にバトンをわたしたのだった。

あのとき、わたしの番《ばん》ではまだ、一位《い》の二組《くみ》に少《すこ》し差《さ》をつけられていた。わたしからバトンを受《う》け取《と》った宙《そら》は、ぐんぐんと追《お》い上《あ》げて、二組《くみ》のアンカーをぬきさろうとした。

そのとたん、二組《くみ》のアンカーがバトンを落《お》として、それをふんでしまった宙《そら》は、もんどりうって転《ころ》んだ。

そして、すばやくバトンをひろった二組《くみ》のアンカーが、転《ころ》んだ宙《そら》をおいて走《はし》り去《さ》ってしまったのだ。

あのときの、宙《そら》のくやしそうな顔《かお》を、わたしはすぐに思《おも》いだすことができる。

それでも、あのときクラスのみんなが、宙《そら》をせめるでなくむしろ元気《げんき》づけたことで、心《こころ》があたたかくなったのだったけれど……。

わたしが「クラスにめいわくをかける。」といったことで、宙《そら》が去年《きょねん》のことを思《おも》いださなければいいのだけれど、と気《き》になったのだ。

そんなわたしの思《おも》いが、宙《そら》に伝《つた》わったのだろうか？

「萌《もえ》。オレ、だいじょうぶだから。」

そんなことを、宙《そら》がいったのだ。

「オレ、今年《ことし》も、がんばるんだ。去年《きょねん》も、今年《ことし》も、それから中学《ちゅうがく》へ行《い》っても、ずっと、オレ、がんばるんだ。」

「宙《そら》くん……。」

ほんとうは、なんでもがんばりすぎないでほしいと思《おも》うけれど、それはいわなかった。

「結果《けっか》よりも……そりゃあ、結果《けっか》も大事《だいじ》だけれど、それよりも結果《けっか》に至《いた》るまでどれだけがんばったかということのほうが大事《だいじ》なんだ。そう思《おも》うから、だから、オレはだいじょうぶ。……なーんてね、ちょっとくさかったかな？」

そういって、青《あお》い空《そら》の下《した》で照《て》れる、宙《そら》の笑顔《えがお》がまぶしかった。

そして、照《て》れ笑《わら》いをごまかして話《はなし》をそらすように、宙《そら》がまたいった。

「それからな、さっき、オレが何度《なんど》も『萌《もえ》っ！』ってよんでたのに、聞《き》こえなかったのか？」

「えっ？　あれ？　そうなの？　ごめんなさい。考《かんが》えごとをしながら走《はし》ってたから、そっちに気《き》が向《む》いていたんだね。わたしって、一度《いちど》に一つのことしか考《かんが》えられなくて……。」

そうだった。わたしは、祥子《しょうこ》さんのことを考《かんが》えながら走《はし》っていたんだ。

「ねえ、宙《そら》くんって、相田祥子《あいだしょうこ》さんっておばあさんの家《いえ》、知《し》らない？」

すると、ふときいてみただけなのに、宙《そら》はあっさりとうなずいた。

「そのおばあさんなら、知《し》ってるよ。ときどき公園《こうえん》にも来《き》てたおばあさんだろ？　うちの町内《ちょうない》に住《す》んでる。」

意外《いがい》だった。でも、考《かんが》えてみれば、そうだ。この公園《こうえん》から、宙《そら》たちが住《す》んでいる住宅地区《じゅうたくちく》まで、ほんのすぐの距離《きょり》だ。

おばあさんの祥子《しょうこ》さんの足《あし》でも毎日《まいにち》ここへ通《かよ》うことが可能《かのう》な距離《きょり》を考《かんが》えると、あたりまえの話《はなし》だった。

「でも、萌《もえ》は、なんで相田《あいだ》さんのおばあさんちのことをきいたりしたんだ？　なにか気《き》になることがあるのか？」

宙《そら》にそうたずねられては、話《はな》さないわけにはいかない。

「あのね、祥子《しょうこ》さんと、亡《な》くなったダンナさんの信介《しんすけ》さんのことなんだけど……。」

わたしは、祥子《しょうこ》さんと信介《しんすけ》さんが、思《おも》い出《で》のベンチでいつも会《あ》っていたことを、宙《そら》に話《はな》した。

祥子《しょうこ》さんには信介《しんすけ》さんが見《み》えなくて、信介《しんすけ》さんがほんとうにそばにいることを知《し》らない。

でも、なにか感《かん》じるものがあるのにちがいない。

「このベンチにすわっていると、あの人《ひと》が今《いま》でもとなりにいる気《き》がして、さみしい気《き》持《も》ちがやわらいでいくの。」

祥子《しょうこ》さんは、わたしにそんなことを語《かた》ってくれたこともあった。もちろんそのときも、祥子《しょうこ》さんのとなりには信介《しんすけ》さんがいたのだけれど。

わたしの話《はなし》を聞《き》いて、宙《そら》は「ふうーっ。」と大《おお》きく息《いき》をはいた。

わたしとソラが持《も》っている不思議《ふしぎ》な力《ちから》のことは、宙《そら》や、野沢奈津《のざわなつ》、酒井亮介《さかいりょうすけ》、加賀《かが》雅《みやび》、この四人《にん》の友《とも》だちと、学校図書館《がっこうとしょかん》のひとみ先生《せんせい》には話《はな》してある。

この人《ひと》たちの理解《りかい》がなかったら、わたしは、こんな力《ちから》なんてこわくてもてあましてしまうだろう。

こちらに向《む》けた宙《そら》の目《め》が、ふっとやわらいだ。

「相田《あいだ》さんのおじいさんとおばあさんの話《はなし》、なんかいいよな。そんなふうに、ずうっと長《なが》くおたがいを思《おも》いあってるってさ……。」

「うん……わたしも、そう思《おも》う。」

宙《そら》がわたしの話《はなし》をわかってくれた。それだけでも、胸《むね》がほっこりとあたたかくなるわたしだった。

(うふふ……。今《いま》のわたし、きっとポワーンとした顔《かお》してるんだろうな……。)

思《おも》わず両手《りょうて》でほっぺたをおさえかけたとき。

「ワンッ!」

ソラが一声《ひとこえ》鳴《な》いて、はっとした。

「あ、宙《そら》くん。ここで話《はな》しこんでたら、おそくなっちゃう。」

「ほんとだ。早《はや》く帰《かえ》んないと、学校《がっこう》に遅刻《ちこく》だ。」

わたしたちは、帰《かえ》る方向《ほうこう》へ走《はし》りだした。
わたしは全力疾走《ぜんりょくしっそう》で、宙《そら》とソラは小走《こばし》りだったかもしれないけれど……。

❷リレーの選手《せんしゅ》になりたくない

毎年《まいとし》、二学期《がっき》の学校行事《がっこうぎょうじ》は、運動会《うんどうかい》の準備《じゅんび》や練習《れんしゅう》から始《はじ》まる。

今年《ことし》もやっぱりそう思《おも》った。六年生《ねんせい》のわたしたちにとっては、六回目《かいめ》のはずだけれど。

「運動会《うんどうかい》の練習《れんしゅう》って、なんか、かったるいよな。」

校庭《こうてい》のすみっこで、亮介《りょうすけ》は、体操服《たいそうふく》のシャツのすそを両手《りょうて》でパタパタさせて、風《かぜ》を入《い》れるようにしながらいう。

白《しろ》い体操服《たいそうふく》の下《した》に、ぷっくりと肉付《にくづ》きのいい亮介《りょうすけ》のお腹《なか》が見《み》えた。

「そんなことばっかりいって、運動《うんどう》しないから太《ふと》るんだぞ。」

「うっ、いててて……。」

宙《そら》が手《て》をのばして、亮介《りょうすけ》のお腹《なか》のお肉《にく》をつまんだのだ。

「やめろぅ、宙《そら》。セクハラだぞぉ！」

「なにが、セクハラだぁ？」

さらに亮介《りょうすけ》のお腹《なか》をつつく宙《そら》、と思《おも》って見《み》ていたら、すぐにくんずほぐれつのプロレス技《わざ》のかけあいになっている。

この二人《ふたり》は、仲《なか》がよすぎる。幼稚園時代《ようちえんじだい》からずっと、あきずにこんなじゃれあいをつづけているらしい。

二人《ふたり》のそばには、腰《こし》に手《て》をあてて仁王立《におうだ》ちになった奈津《なつ》がいる。

「宙《そら》も、亮介《りょうすけ》も、またやってる。ほら、坂口先生《さかぐちせんせい》が、こっちをにらんでるよ！」

ピイーッ！

その坂口先生《さかぐちせんせい》が、ホイッスルをふいた。

「六年《ねん》一組《くみ》、二組《くみ》、集合《しゅうごう》！」

校庭《こうてい》の国旗掲揚台《こっきけいようだい》の下《した》。「両手《りょうて》は腰《こし》に」のポーズで立《た》っている坂口先生《さかぐちせんせい》は、おなじみの黒《くろ》いジャージのズボンで、白《しろ》いT《ティー》シャツを着《き》ている。

校庭《こうてい》で、てんでんばらばらにたむろしていた、一組《くみ》と二組《くみ》のみんなが、坂口先生《さかぐちせんせい》の前《まえ》に集《あつ》まってきた。

今日《きょう》の三、四時間目《じかんめ》は、二時間《じかん》つづけて二組《くみ》との合同体育《ごうどうたいいく》だ。

「ほら、一組《くみ》はこっち、二組《くみ》はそっち。男女《だんじょ》に分《わ》かれて、四列《れつ》にならんでください。」

坂口先生《さかぐちせんせい》の指示《しじ》で、みんながぞろぞろと集《あつ》まる。

亮介《りょうすけ》は、両手《りょうて》を打《う》ちあわせて前《まえ》にのばす、整列《せいれつ》のポーズをしながら歩《ある》いてくる。

「とん、とん、まーえ。とん、とん、まーえ……。」

(亮介《りょうすけ》くんってば、幼稚園児《ようちえんじ》かいっ？)

亮介《りょうすけ》は、いつもこんな調子《ちょうし》でふざけてばかり。まじめな顔《かお》をしているときのほうが断然少《だんぜんすく》ないのだ。

「……まーえ」のときには、すぐ前《まえ》の宙《そら》の背中《せなか》をつく……？

(あれっ？　その人《ひと》、宙《そら》くんじゃない。)

亮介《りょうすけ》に背中《せなか》をつかれた人《ひと》が、ふり返《かえ》った。

「なにすんだよっ！」

それは、二組《くみ》の大野《おおの》優吾《ゆうご》という人《ひと》だった。

背《せ》かっこうが宙《そら》と同《おな》じくらいで、まちがえたらしい。

宙《そら》は、亮介《りょうすけ》のすぐとなりで笑《わら》っていた。

「はははは……。亮介《りょうすけ》のバーカ。なにやってんだよ。」

「ありゃあ。ごめん、ごめん。」

すぐにあやまって、頭《あたま》をかく亮介《りょうすけ》。

二組《くみ》の大野《おおの》くんは、亮介《りょうすけ》と宙《そら》を、キッとにらみつけた。

「なんだよ、一組《くみ》がぁ！　これ、ケンカ、ふっかけてるつもりかぁ？」

大野《おおの》くんの大《おお》きな声《こえ》に、まわりのみんなの注目《ちゅうもく》が集《あつ》まる。

亮介《りょうすけ》といっしょににらまれた宙《そら》は、だまっていなかった。

「『なんだよ。』とは、なんだよ！　べつに、おまえとケンカなんぞ、したくもない

ぞ。」

するとお大野《おおの》くんは、宙《そら》を横目《よこめ》で見《み》て、鼻《はな》で笑《わら》うようにしていったのだ。

「ふんっ。二組《くみ》は今年《ことし》も一組《くみ》になんぞ、ぜーったいに負《ま》けないからな。」

たちまち、宙《そら》が大《おお》きく目《め》を見開《みひら》く。

「それとこれとは、関係《かんけい》ねえだろ?」

わたしは、「あっ!」と気《き》づいた。

去年《きょねん》の運動会《うんどうかい》、クラス対抗《たいこう》リレーのときだ。あのとき、二組《くみ》のアンカーだったのが、たしか、この大野《おおの》くんだった。

宙《そら》は、大野《おおの》くんが落《お》としたバトンをふんでしまって、転《ころ》んだのだった。

「ふんっ!」

「ふんっ!」

ジョーダンなのか本気《ほんき》なのか、宙《そら》と大野《おおの》くんは、どちらも腕組《うでぐ》みをして横目《よこめ》でにらみあう。

「あんたたち、なにやってんの！」

二人《ふたり》のあいだに入《はい》ったのは、うちの学級委員《がっきゅういいん》の林原結衣《はやしばらゆい》だった。

そこで、おだやかでない空気《くうき》に気《き》づいた坂口先生《さかぐちせんせい》が、またホイッスルをふいた。

ピイーッ！

「ほんと、そこ、なにやってんだ。二組《くみ》の大野《おおの》か？　ドサクサにまぎれて、なに宣戦《せんせん》布告《ふこく》をしてるんだ？　競《きそ》うんだったら、正々堂々《せいせいどうどう》と運動会《うんどうかい》の競技《きょうぎ》で戦《たたか》えってんだ。」

坂口先生《さかぐちせんせい》に注意《ちゅうい》されて、宙《そら》と大野《おおの》くんはそっぽを向《む》きあった。

「ほんと、なにやってんだ。」

「亮介《りょうすけ》が、いうんじゃない！」

まねをしていった亮介《りょうすけ》は、坂口先生《さかぐちせんせい》にしかられて舌《した》を出《だ》す。

「ほら、整列《せいれつ》のやり直《なお》し。」

ふた組《くみ》のみんなが、笑《わら》ったりブツブツいったりしながら、列《れつ》を作《つく》った。

そのときだった。わたしは宙《そら》に背《せ》を向《む》けた大野《おおの》くんと目《め》があってしまった。

（えっ？）

はっとした。

大野《おおの》くんが、思《おも》いがけず、わたしにウインクのような目《め》くばせをしてきたのだ。

（なに？　今《いま》の？　気《き》のせい？）

あまり気持《きも》ちがよくない、ふるっと寒気《さむけ》のようなものが背中《せなか》を走《はし》った。

三時間目《じかんめ》のさいしょは、男女《だんじょ》に分《わ》かれての五十メートル走《そう》のタイム測定《そくてい》だった。女子《じょし》はグラウンドの西側《にしがわ》にラインを引《ひ》かれた五十メートルコース。男子《だんし》は東側《ひがしがわ》のコースだ。

男子《だんし》と女子《じょし》が分《わ》かれてグラウンドの両側《りょうがわ》に移動《いどう》するとき、なんだか、だれかに見《み》られているような視線《しせん》を感《かん》じて、思《おも》わず男子《だんし》たちに目《め》をやった。

そして、自分《じぶん》が二組《くみ》の大野《おおの》くんを注目《ちゅうもく》しているのに気《き》づいてしまった。

（気《き》のせいだとは思《おも》うけど、さっき、大野《おおの》くん、こっちを見《み》てたよね……？）

ぐうぜんとか、気《き》のせいとか、そういうことにしようと思《おも》った。それなのに……。

横顔《よこがお》だった大野《おおの》くんが、くるりとこちらに正面《しょうめん》を向《む》けて、ニカッと笑《わら》ったのだ。

（えっ!?　だれに？　だれに笑《わら》ったの？）

わたしに（？）じゃないだろうと思《おも》って、まわりをキョロキョロしてみる。けれども、それらしい人《ひと》は見当《みあ》たらない。

（まさかぁ？）

首《くび》をふるふると横《よこ》にふった、わたし。

「萌《もえ》ちゃん、つっ立《た》って、なにやってるの？」

奈津《なつ》がわたしの腕《うで》をぐいっと引《ひ》っぱった。

「あ、ごめん。」

もう一度《いちど》首《くび》をふって、歩《ある》きだしたわたしのすぐ横《よこ》に、二組《くみ》の寺内純花《てらうちすみか》さんがいた。

「ねえ、寺内《てらうち》さん。」

わたしは、寺内《てらうち》さんにきいてみた。

「あのね、二組《くみ》の大野《おおの》くんって、どんな人《ひと》？」

「えっ？　大野《おおの》くん？」

寺内《てらうち》さんは、「ふふっ。」と肩《かた》をすくめて笑《わら》った。

「大野《おおの》くんは、あのまんまよ。」

「あのまんま？」

「うん。運動《うんどう》はよくできるし、見《み》た目《め》もわるくないんだけど、なんかずれてる感《かん》じ。」

「ずれてる感《かん》じ？」

(ずれてる感《かん》じって、どういう感《かん》じ？　なにが、どうずれてるんだ？)

わたしには、よくわからない。

寺内《てらうち》さんは、「くくっ。」と笑《わら》って、二組《くみ》の女子《じょし》集団《しゅうだん》のほうへ急《いそ》いで行《い》ってしまった。

「ねえ、奈《な》っちゃん。」

結衣《ゆい》となにか話《はな》しながら歩《ある》いている奈津《なつ》のシャツを引《ひ》っぱる。

「どうした、萌《もえ》ちゃん？」

「あのさ、ずれてる感《かん》じって、どう思《おも》う？　たとえばさ、『運動《うんどう》はよくできるし、見《み》た目《め》もわるくないんだけど、なんかずれてる感《かん》じ。』って、どんなの？」

これは奈津《なつ》にきくしかないと思《おも》ってたずねたのに、奈津《なつ》は上《うえ》を向《む》いて、「カカカッ。」と笑《わら》った。

「それはねえ、そのまんま、二組《くみ》の大野《おおの》くんみたいな子《こ》のことをいうんだよ。」

「えっ……？」

ますますもってわからなくなった。

大野《おおの》くんの、さっきの笑顔《えがお》のわけもわからない。

そういうわけがわからないときは、なにもなかったことにしといたほうが気《き》が楽《らく》だ。

五十メートル走《そう》のタイム測定《そくてい》が始《はじ》まった。男子《だんし》は坂口先生《さかぐちせんせい》が測定《そくてい》して、わたしたち女子《じょし》は二組《くみ》の橋本先生《はしもとせんせい》がめんどうをみてくれる。

橋本先生《はしもとせんせい》は、見《み》たところ五十歳《さい》くらいのおばさん先生《せんせい》だ。

ストップウオッチをにぎった橋本先生《はしもとせんせい》が、わたしたち女子《じょし》を見《み》まわす。

「一組《くみ》と二組《くみ》の女子《じょし》、背《せ》の順番《じゅんばん》でならんで、二人《ふたり》ずつ走《はし》って、タイムを計《はか》ります。タイムは、わたしがゴールで計《はか》りますので、スタートは、体育委員《たいいくいいん》さんにおねがいします。いいですか。」

「はーい！」

みんなといっしょに返事《へんじ》をしたけれど、わたしは気《き》が進《すす》まない。

わたしは運動《うんどう》は（運動《うんどう》も？）あまりとくいじゃない。去年《きょねん》の運動会《うんどうかい》でクラス対抗《たいこう》リレーの選手《せんしゅ》にえらばれたのは、五十メートル走《そう》のタイムを計《はか》ったとき、たまたま調子《ちょうし》がよくて速《はや》く走《はし》れてしまったからだ。

（今年《ことし》は、リレーの選手《せんしゅ》は無理《むり》だね。）

自分《じぶん》でもそう思《おも》う。

選手《せんしゅ》にえらばれるのは、まず女子《じょし》の中《なか》でダントツに足《あし》が速《はや》い、奈津《なつ》。それと、たぶん林原結衣《はやしばらゆい》。あと一人《ひとり》は、加賀雅《かがみやび》だ、きっと。

両親《りょうしん》が離婚《りこん》したという雅《みやび》は、今年《ことし》の四月《がつ》におかあさんの実家《じっか》（加賀《かが》ハウスってよばれている豪邸《ごうてい》）に引《ひ》っ越《こ》してきて、六年《ねん》一組《くみ》に編入《へんにゅう》になった。

雅《みやび》が運動神経《うんどうしんけい》バツグンなのは、バスケ部《ぶ》の練習《れんしゅう》を見《み》ていればわかる。

男子《だんし》にまじって、ドリブルしながら走《はし》る雅《みやび》のかっこよさったらない。ため息《いき》ものだ。

（なんでか、ちょっとくやしい気《き》もするけどね……。）

そんなことを考《かんが》えていたら、奈津《なつ》にひじで腕《うで》をつつかれた。

「萌《もえ》ちゃん。今年《ことし》もいっしょに選手《せんしゅ》になれたらいいね。」

わたしは、顔《かお》の前《まえ》でひらひらと手《て》をふる。

「わたしなんて、無理無理《むりむり》。たぶん、雅《みやび》さんが選手《せんしゅ》になるんじゃない？」

「また、萌《もえ》ちゃんはそんなこといってぇ。いつも雅《みやび》に負《ま》けちゃうんだから。いい？

ちゃんと、歯《は》を食《く》いしばって走《はし》んなきゃだめだぞ。」

「はい、はい。」

「『はい。』は一つでいい。」

はじめからあきらめている返事《へんじ》をして、奈津《なつ》ににらまれてしまった。

一組《くみ》と二組《くみ》の女子《じょし》が背《せ》の高《たか》さの順番《じゅんばん》に二列《れつ》にならんだ。わたしは、ちょうど真《ま》ん中《なか》あたり。

（これでも、ずいぶんと大《おお》きくなったんだぞ。）

去年《きょねん》、五年生《ねんせい》のときは、もっともっと前《まえ》のほうだったんだもの。

わたしの後《うし》ろは矢島由香《やじまゆか》で、そのつぎのつぎが雅《みやび》、そのまたつぎのつぎが林原結衣《はやしばらゆい》で、いちばん後《うし》ろが奈津《なつ》という順《じゅん》だ。

一組《くみ》と二組《くみ》のいちばん背《せ》の低《ひく》い二人《ふたり》が、スタートラインにつく。

「いちについて、よーい……ドンッ。」

一組《くみ》の体育委員《たいいくいいん》が、スタートの合図《あいず》の赤《あか》い小旗《こばた》を上《あ》げた。

かまえていた二人《ふたり》が、同時《どうじ》に走《はし》りだす。

まっすぐに走《はし》っていった二人《ふたり》が、橋本先生《はしもとせんせい》のいるゴールに走《はし》りこむ。

ストップウオッチをにぎっている橋本先生《はしもとせんせい》が、二人《ふたり》のタイムを計《はか》ってノートに記録《きろく》する。

みんなが順《じゅん》に走《はし》ってはそのくりかえしだ。

(ふうっ。いやだなぁ、なんだかドキドキしてきた。)

これからタイムを計《はか》らないといけないことを考《かんが》えると、ほんとうに心臓《しんぞう》の鼓動《こどう》が速《はや》くなってきて、両手《りょうて》で胸《むね》をおさえた。

(わたしったら、なにをドキドキしてるんだろう……。)

そうだ。リレーの選手《せんしゅ》になりたいなんて、思《おも》ってもいない。だったら、ドキドキなんてする必要《ひつよう》がないではないか。

わたしは、わたしで、自分《じぶん》のペースでがんばればいいだけだ。

そう思《おも》って、深呼吸《しんこきゅう》で息《いき》をととのえた。

(ふうーっ。)

「いちについて、よーい……ドンッ!」

赤《あか》い小旗《こばた》が上《あ》がると同時《どうじ》に飛《と》び出《だ》した。

むちゅうで、ただむちゅうで、腕《うで》をふる。

「はあ、はあ、はあ、はあ……。」

ダッ、ダッ、ダッ、ダッ……。

わたしの息《いき》と、コースをける足音《あしおと》が重《かさ》なる。

今《いま》なら、どこまでだって走《はし》れる。

そう思《おも》ったのに、すぐにゴールに着《つ》いた。

「はい、八秒《びょう》四。」

八秒《びょう》四。それがわたしのタイムらしい。

それが速《はや》いのかおそいのかわからないけれど、となりを走《はし》っていた二組《くみ》の子《こ》は、八秒《びょう》六、といわれていた。

ゴールに入《はい》ったわたしたちは、深呼吸《しんこきゅう》で息《いき》をととのえる。そのあいだも、五十メートル走《そう》のタイム測定《そくてい》はどんどんつづけられる。

「うおーっ！」

どよめきのような声《こえ》が、男子《だんし》たちのほうから聞《き》こえた。

そちらを見《み》ると、ちょうど宙《そら》がスタートを切《き》ったところだった。宙《そら》のとなりを走《はし》っている二組《くみ》の男子《だんし》は……？

（大野《おおの》くん！）

男子《だんし》も同《おな》じように背《せ》の順《じゅん》にならんだら、たまたま宙《そら》と大野《おおの》くんがいっしょになったのだろう。

走《はし》る宙《そら》と大野《おおの》くんの肩《かた》が横《よこ》にならんだままだ。

軽《かる》いストロークのきれいなフォームもよく似《に》ている。

（うわぁ、すごい！）

見《み》とれているあいだに、二人《ふたり》がまったく同時《どうじ》にゴールした。

坂口先生《さかぐちせんせい》がタイムを読《よ》み上《あ》げているけれど、はなれているのでここまでは聞《き》こえない。
でも、たぶん七秒台前半《びょうだいぜんはん》じゃないかなと思《おも》う。
(宙《そら》くん、すごーい！　あ、大野《おおの》くんもか……？)
この二人《ふたり》がリレーの選手《せんしゅ》になるとすれば、今年《ことし》のクラス対抗《たいこう》リレーはどうなるだろう？
一組《くみ》？　二組《くみ》？　どちらが勝《か》つんだろう？
選手《せんしゅ》になったら、責任重大《せきにんじゅうだい》だ。
(よかった。選手《せんしゅ》になれなくて……。)
選手発表《せんしゅはっぴょう》はまだだというのに、わたしは勝手《かって》に胸《むね》をなで下《お》ろしていた。
走《はし》り終《お》えた宙《そら》と大野《おおの》くんは、おたがいに苦々《にがにが》しい表情《ひょうじょう》で顔《かお》をそむけあった。
「ふんっ。」「こっちこそ、ふんっ。」
声《こえ》は聞《き》こえないけれど、こちらから見《み》ていてもそんなふんいきが伝《つた》わってくる。

女子《じょし》のコースに視線《しせん》をもどすと、こちらは最終《さいしゅう》の奈津《なつ》が、二組《くみ》の女子《じょし》にダントツの差《さ》をつけてゴールしたところだった。

「じゃあ、リレーの選手《せんしゅ》の発表《はっぴょう》をするぞ。」

タイムを記録《きろく》したノートを手《て》に、坂口先生《さかぐちせんせい》がみんなの顔《かお》を見《み》まわす。

坂口先生《さかぐちせんせい》の前《まえ》では、体育《たいいく》ずわりをした一組《くみ》のみんなが耳《みみ》をすましている。

「まず男子《だんし》。山本宙《やまもとそら》。」

「おぉーっ。」

「つぎは青木健太《あおきけんた》。」

「おぉーっ。」

「それと星野茂樹《ほしのしげき》。」

「おぉーっ。」

坂口先生《さかぐちせんせい》が一人《ひとり》の名前《なまえ》をいうごとに、クラスのみんなが「おぉーっ。」とどよめく。

ただ、星野《ほしの》くんの名前《なまえ》が発表《はっぴょう》されたあと、亮介《りょうすけ》だけは、

「えぇーっ。なんでぼくじゃないのぉ？」

なんていって、わざとむくれた顔《かお》をしてみせた。

「あたりまえだ。」

「あつかましいぞ、亮介《りょうすけ》。」

坂口先生《さかぐちせんせい》と宙《そら》が、亮介《りょうすけ》の頭《あたま》をこづくまねをした。

去年《きょねん》は、亮介《りょうすけ》もリレーの選手《せんしゅ》になっていた。けれども、今年《ことし》はタイムがのびていなかったらしい。

最近《さいきん》、中学受験《ちゅうがくじゅけん》の勉強《べんきょう》に追《お》われている亮介《りょうすけ》は、体《からだ》がなまっているのかもしれない。

しかし、ちろりと舌《した》を出《だ》してみせた亮介《りょうすけ》は、しかられてもまったくこりていそうにない。

亮介《りょうすけ》にはかまわず、坂口先生《さかぐちせんせい》が女子《じょし》の選手《せんしゅ》を発表《はっぴょう》していく。

「じゃあ、女子《じょし》は、野沢奈津《のざわなつ》。」

「おぉーっ。」

みんなでどよめくのも、男子《だんし》のときと同《おな》じだ。

「つぎは、加賀雅《かがみやび》。」

「おっ!? おぉーっ。」

一瞬《いっしゅん》、みんながおどろいて、それから納得《なっとく》したようにどよめいた。

(ほらね。やっぱり、雅《みやび》さんだ。)

わたしは、小《ちい》さくうなずいて、雅《みやび》に目《め》をやった。

つんっとあごを上《あ》げている雅《みやび》の表情《ひょうじょう》は、とうぜんでしょ、といっているように見《み》えた。

坂口先生《さかぐちせんせい》の目《め》が、またノートのタイム表《ひょう》を見《み》た。

「……えーっと、あと一人《ひとり》の選手《せんしゅ》なんだけれど、じつは同《どう》タイムの者《もの》が二人《ふたり》いるんだ。」

「えーっ?」

みんなは、素直《すなお》におどろいてみせる。

「それは……林原結衣《はやしばらゆい》と白石萌《しらいしもえ》。」

「えっ、えーっ!?」

これにはびっくりで、わたしは立《た》ち上《あ》がりそうになった。

(なんで？　なんで、わたし？)

うろたえるわたしを見《み》て、坂口先生《さかぐちせんせい》がうなずいた。

「うん。萌《もえ》、立《た》って、立《た》って。それから、結衣《ゆい》も立《た》って。」

(なんで立《た》たないといけないんだ？　もしかして、もう一度走《いちどはし》れっていうんじゃないでしょうね？)

そんなの、ごめんだぞ、と思《おも》っていたら、坂口先生《さかぐちせんせい》はいった。

「ジャンケンで決《き》めよう。勝《か》ったほうが選手《せんしゅ》ということで……。」

そこで、わたしの口《くち》が勝手《かって》に動《うご》いていた。

「いいです、わたし。結衣《ゆい》ちゃんが選手《せんしゅ》になってください。」

あーあ、いってしまった。

ひとりでに出《で》てしまった、ネガティブ発言《はつげん》だ。

坂口先生《さかぐちせんせい》にしかられるかも、と思《おも》ったのに、おこったのは結衣《ゆい》だった。

「萌《もえ》ちゃん、なに、それ？ 遠慮《えんりょ》するっていうの？ そんなの、ないでしょ？ 正々《せいせい》堂々《どうどう》とジャンケンで決《き》めましょうよ。」

「ご、ごめんなさい。」

あやまったけれど、それはあたりまえだと思《おも》った。

わたしにゆずられて選手《せんしゅ》になるのでは、結衣《ゆい》のプライドをきずつけることになる。

「いい？ ジャンケンね。ジャンケン……ポンッ！」

にぎりこぶしをふりながら、「ジャンケン。」といった結衣《ゆい》。

結衣《ゆい》のにぎりこぶしを見《み》ていたら、わたしは、思《おも》わずチョキのはさみを出《だ》していた。

結衣《ゆい》は、手《て》をにぎっていたそのままで、グーを出《だ》している。

「おおっ。そうか、結衣《ゆい》が勝《か》ったか。萌《もえ》は、それでいいか？」

「はいっ。」と、大《おお》きくうなずく、わたし。

坂口先生《さかぐちせんせい》は、タイム表《ひょう》の結衣《ゆい》の名前《なまえ》に、鉛筆《えんぴつ》で丸印《まるじるし》をつけた。

わたしは、よかったぁ、と胸《むね》をなで下《お》ろしながらすわった。

「もう。萌《もえ》ちゃんは、なにやってんの。せっかく選手《せんしゅ》になれそうだったのに……。」

奈津《なつ》に背中《せなか》をつつかれてしまった。


昼休《ひるやす》み。今日《きょう》は図書当番《としょとうばん》の日《ひ》だった。

去年《きょねん》の夏《なつ》に転校《てんこう》してきて早々《そうそう》に、この図書館《としょかん》とひとみ先生《せんせい》が大好《だいす》きになったわたしは、それからずっとクラスの図書委員《としょいいん》をさせてもらっている。

(今《いま》は雅《みやび》さんもいっしょなんだけれどね……。)

今日《きょう》の昼休《ひるやす》みは、貸出《かしだし》カウンターに雅《みやび》とならんですわった。

花柄《はながら》のワンピースをステキに着《き》こなしているひとみ先生《せんせい》は、カウンターの上《うえ》に積《つ》まれた返却本《へんきゃくぼん》を整理《せいり》している。

「……それで、今年《ことし》のリレーの選手決《せんしゅぎ》めは、どうだったの？」

さっき終《お》わったばかりの結果《けっか》を、ひとみ先生《せんせい》がきいてきた。一組《くみ》と二組《くみ》が合同体育《ごうどうたいいく》をしていたのは、図書館《としょかん》の窓《まど》から見《み》えていたのだろう。

「えへへぇ……。」

笑《わら》ってごまかそうとした、わたし。雅《みやび》に横目《よこめ》でにらまれてしまった。

肩《かた》をすくめたら……。

ドンッ！

わたしの目《め》の前《まえ》に、奈津《なつ》が貸《か》し出《だ》しの本《ほん》をおいた。「本《ほん》を借《か》りるから。」といって、奈津《なつ》もいっしょに図書館《としょかん》に来《き》ていたのだった。

「それがねぇ。聞《き》いてよ、ひとみ先生《せんせい》。萌《もえ》ちゃんったら、五十メートル走《そう》を走《はし》るまえから、あきらめちゃってるんだもの……。」

ひとみ先生《せんせい》は、「あらあら。」と目《め》を丸《まる》くする。

わたしは、「そんなこと、ないない。」と、首《くび》を横《よこ》にふった。

「はじめは、リレーの選手《せんしゅ》なんていやだなと思《おも》ったけど、自分《じぶん》は自分《じぶん》なりにがんばったらいいんだと思《おも》い直《なお》して、せいいっぱい走《はし》ったんだから。そしたら、ちょっとだけ速《はや》くなっちゃって……。」

いいわけしたけれど、奈津《なつ》に「ふんっ。」と鼻《はな》であしらわれてしまった。

「だったら、なんで結衣《ゆい》に選手《せんしゅ》をゆずったりしたの？」

「ゆずったんじゃないもん。ジャンケンで負《ま》けたんだもん。」

「さあ、どうだかね。わたしには、萌《もえ》ちゃんが後出《あとだ》しでわざと負《ま》けたように見《み》えたもんね。」

「えーっ。そんなこと、しないよ！」

そうだ。ジャンケンで結衣《ゆい》に負《ま》けたのは、ぐうぜんだ。

わたしたちのやりとりを、ひとみ先生《せんせい》が笑《わら》う。

「そう。選手《せんしゅ》になれなかったのはざんねんだけれど、その分《ぶん》、応援《おうえん》にまわってがんばろうね。小学校最後《しょうがっこうさいご》の運動会《うんどうかい》なんだもの。いい思《おも》い出《で》を作《つく》らないとね。」

（そうかぁ、小学校最後《しょうがっこうさいご》かぁ……。）

ひとみ先生《せんせい》にいわれて、あらためて思《おも》う。

これからつづく学校行事《がっこうぎょうじ》の一つ一つが、小学校最後《しょうがっこうさいご》の思《おも》い出《で》になっていくんだ……。

「コホン、コホン。」

しみじみとしていたら、となりで雅《みやび》がせきばらいをした。

「もの思《おも》いにひたっているのもいいでしょうが、貸《か》し出《だ》しのお仕事《しごと》をしてください。まっている人《ひと》がいます！」

「あっ、ごめんなさい。」

ほんとうだ。雅《みやび》は、カウンターにならんだ人《ひと》たち一人一人《ひとりひとり》に、いつものようにていねいに声《こえ》をかけながら、貸《か》し出《だ》しと返却《へんきゃく》の手続《てつづ》きをこなしている。

「はいはい、おじゃまでしたね。じゃあ、わたしは先《さき》に教室《きょうしつ》に帰《かえ》ってるね。」

手続《てつづ》きのすんだファンタジー小説《しょうせつ》を手《て》にした奈津《なつ》が、体《からだ》を横《よこ》にずらした。

奈津《なつ》の後《うし》ろにならんでいた人《ひと》が、本《ほん》をカウンターにおく。

「貸《か》し出《だ》しをおねがいします。」

「はい。」と、手《て》に取《と》った本《ほん》は、『走《はし》れ、タクマ！』。短距離走《たんきょりそう》に青春《せいしゅん》をかける少年《しょうねん》の物語《ものがたり》だった。

「へぇ。走《はし》る少年《しょうねん》の本《ほん》よね？」

借《か》りる人《ひと》に声《こえ》をかけようと顔《かお》を上《あ》げて、「あっ。」とつぶやいた。その本《ほん》を借《か》りようとしていたのは、二組《くみ》の大野《おおの》くんだったのだ。

大野《おおの》くんは、わたしの顔《かお》を見《み》て、ニヤリと笑《わら》った。

「一組《くみ》には負《ま》けないからな。」

わたしは、まだいってる、とおかしく思《おも》った。

「だから、走《はし》る少年《しょうねん》のお話《はなし》を読《よ》んで、速《はや》く走《はし》るための参考《さんこう》にしようって？」

「ふん。そんなとこかな。」

わたしから手続《てつづ》きのすんだ本《ほん》を受《う》け取《と》った大野《おおの》くんは、つづけてこんなこともいった。

「きみ、白石萌《しらいしもえ》ちゃんだよね？」

「うん、そうだけど。」

大野《おおの》くんは、「じゃ！」と短《みじか》くいって、わたしに背中《せなか》を向《む》けた。と思《おも》ったら、くるっとこっちをふり返《かえ》った。

わざとらしいポーズで、右手《みぎて》の親指《おやゆび》を一本《ぽん》だけつき出《だ》す大野《おおの》くん。

「いいね。」

そうひとことだけいったけれど、なにがいいのか、わたしにはわからない。

（……？）と、ぽかんとしてしまった。

本《ほん》を手《て》にして、なにか鼻歌《はなうた》をうたいながら図書館《としょかん》から出《で》ていく大野《おおの》くん。

首《くび》をかしげたら、冷《ひ》ややかな視線《しせん》をわたしによこしていたらしい、雅《みやび》と目《め》があってしまった。

3 祥子《しょうこ》さんは入院中《にゅういんちゅう》

「あーぁ。つかれたぁ……。」

両手《りょうて》を上《うえ》にあげて、大《おお》きくのびをしたら、あくびが出《で》てしまった。

「ふわぁー。」

あくびって、やっぱり伝染《でんせん》するみたい。わたしのとなりで、奈津《なつ》も大《おお》きな口《くち》を開《あ》けて、あくびをした。

「こら、こら。歩《ある》きながらあくびをしてるのは、萌《もえ》ちゃんと野沢菜《のざわな》か？」

後《うし》ろから走《はし》ってきた亮介《りょうすけ》が、わたしたちの大口《おおぐち》を指《ゆび》さして笑《わら》った。

「野沢菜《のざわな》」というのは、亮介《りょうすけ》だけがよぶ、奈津《なつ》のあだ名《な》。しばらくは封印《ふういん》していたみたいだったけれど、最近《さいきん》また復活《ふっかつ》させたようだ。

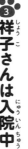

「野沢菜《のざわな》っていうな。」

そう亮介《りょうすけ》にクギをさしてから、奈津《なつ》がいう。

「だって、二時間《じかん》も体育《たいいく》したのに、バレーの部活《ぶかつ》までもだもんね。そりゃ、つかれて、あくびも出《で》るっていうもんよ。」

「うん。まあ、そりゃあ、ちがいない……ふわぁー。」

そういっていた、亮介《りょうすけ》にもあくびがうつったみたいだった。

亮介《りょうすけ》といっしょに走《はし》ってきた宙《そら》は、「はんっ。」と、片方《かたほう》だけほっぺたをゆるめて笑《わら》った。

わたしと奈津《なつ》は、バレー部《ぶ》のクラブ活動《かつどう》の帰《かえ》り。亮介《りょうすけ》と宙《そら》は、バスケ部《ぶ》の練習《れんしゅう》を終《お》えて、帰《かえ》るわたしたちに（あ、それから、雅《みやび》さんもいる）追《お》いついてきたところだ。

転校《てんこう》してくるなり、男子《だんし》ばかりのバスケ部《ぶ》に強引《ごういん》に入部《にゅうぶ》した雅《みやび》は、いつも独立独歩《どくりつどっぽ》でわが道《みち》を行《い》っている感《かん》じだ。

今日《きょう》もさっさと一人《ひとり》で練習後《れんしゅうご》のストレッチと着替《きが》えをすませて、わたしたちの少《すこ》し前《まえ》を歩《ある》いているのだ。

「ふわあぁぁ……。」

さっきわたしたちを笑《わら》ったばかりなのに、亮介《りょうすけ》がまた大《おお》きなあくびをした。

「でもさ、ほんと、つかれるよな。ここんとこ、運動会《うんどうかい》の練習《れんしゅう》ばっかだもんなあ。」

奈津《なつ》にあわせてグチをいう亮介《りょうすけ》の頭《あたま》を、宙《そら》がペチッとはたいた。

「そんなことばっか、いってるから、二組《くみ》の大野《おおの》にケンカをふっかけられるんだ。」

宙《そら》が大野《おおの》くんの名前《なまえ》を出《だ》したので、わたしもいった。

「そう、そう。大野《おおの》くんは、一組《くみ》にそうとうライバル心《しん》を燃《も》やしてるみたい。」

「ライバル心《しん》？」と、宙《そら》。

「うん。図書館《としょかん》に、走《はし》る少年《しょうねん》の物語《ものがたり》の本《ほん》を借《か》りにきて、『一組《くみ》には負《ま》けないからな。』だって。」

わたしがいうと、宙《そら》は、「へんっ。」と鼻《はな》で笑《わら》った。

「オレだって、負《ま》けないからな。」

「それにね、『……負《ま》けないからな。』っていったあと、『いいね。』なんて、念《ねん》おししたんだよ。」

ちょっと、宙《そら》に告《つ》げ口《ぐち》するみたいにいってしまった。

すると、数歩前《すうほまえ》を歩《ある》いていた雅《みやび》が、くるりとこちらをふり返《かえ》った。

「萌《もえ》さんって、ほんと、テンネンなのか、鈍感《どんかん》なのか、わかんない人《ひと》ね。」

「えっ？　なんで？」

雅《みやび》は、おこったような顔《かお》で、眉間《みけん》にしわをよせていう。

「あれは、『負《ま》けないからな、いいね。』っていう意味《いみ》じゃないでしょ？　『いいね。』は、萌《もえ》さんにだけいったんでしょうが。」

「えーっ？　なんで、大野《おおの》くんがわたしだけに念《ねん》おししないといけないの？」

そこまでいったところで、雅《みやび》の家《いえ》の方向《ほうこう》へまがる道《みち》の角《かど》に来《き》てしまった。

「ふう。もう、知《し》らないわ。じゃあね。」

あきれたような顔《かお》で肩《かた》をすくめると、雅《みやび》はさっさと帰《かえ》っていく。

背筋《せすじ》をのばしてすっすと歩《ある》いていく雅《みやび》の後《うし》ろすがたを、わたしは、ぽかんとしたまま見送《みおく》った。

ここからでも見《み》える林《はやし》のような背《せ》の高《たか》い木々《きぎ》は、雅《みやび》の家《いえ》の植《う》えこみだ。

「萌《もえ》ちゃん、なにつっ立《た》ってんの？　帰《かえ》るよ。」

ぼうっとしていたわたしは、奈津《なつ》に腕《うで》を引《ひ》っぱられた。

考《かんが》えごとをすると、瞬間《しゅんかん》動《うご》きが止《と》まってしまう。わたしのいつものクセだ。

奈津《なつ》の家《いえ》、手芸用品店《しゅげいようひんてん》〈ノザワヤ〉のある商店街《しょうてんがい》で奈津《なつ》と別《わか》れたあと、宙《そら》の家《いえ》のある古《ふる》い住宅街《じゅうたくがい》にさしかかる。

「萌《もえ》。オレたちは、こっちな。」

宙《そら》がわたしをよび止《と》めた。

宙《そら》の指《ゆび》は、通《とお》りから右《みぎ》にまがる小道《こみち》をさしている。宙《そら》の家《いえ》は、まだこの通《とお》りの先《さき》だ。

「え、こっちって？」

「行《い》ってみるんだろ？　相田《あいだ》さんち。」

「あっ……うん。」

そうだ。祥子《しょうこ》さんの家《いえ》がわからないわたしを、宙《そら》が案内《あんない》してくれる約束《やくそく》になってたんだった。

「ん？　なんだ、なんだ？」

亮介《りょうすけ》は、意味《いみ》ありげな顔《かお》で、わたしと宙《そら》を見比《みくら》べる。

「『オレたちは、こっちな。』って、どういうことだ？　『オレたち』って？」

そういって、ニヤニヤする亮介《りょうすけ》。

わたしは、あわてて手《て》をふって打《う》ち消《け》す。

「なんでもない、なんでもない。」

宙《そら》も同時《どうじ》に「なんでもない。」といった。

「なんでもないから、亮介《りょうすけ》は先《さき》に家《いえ》に帰《かえ》って、トイレ行《い》って、おやつ食《く》って、勉強《べんきょう》でもしとけ。」

「なんだよ、それ。ふーん。なんか、あやしいぃ……。」

そういいながらも、亮介《りょうすけ》は、ひらひらと手《て》をふって歩《ある》いていった。

「ほら、萌《もえ》、行《い》くぞ。」

宙《そら》は、わたしの先《さき》に立《た》って歩《ある》きだす。うなずいて、わたしもついていった。

サクラの並木《なみき》のある通《とお》り。ここは登校《とうこう》やソラの散歩《さんぽ》で毎日通《まいにちとお》る。でも、そこから横《よこ》に入《はい》る小道《こみち》へは、わたしはまだ行《い》ったことがなかった。

通《とお》りから入《はい》って三軒目《げんめ》の家《いえ》の前《まえ》で、宙《そら》が足《あし》を止《と》めた。

「相田《あいだ》さんち、ここだぞ。」

木造《もくぞう》二階建《かいだ》てで、黒《くろ》っぽい瓦屋根《かわらやね》の和風《わふう》の家《いえ》。宙《そら》が指《ゆび》さした門扉《もんぴ》の柱《はしら》に、「相田《あいだ》」と墨《すみ》で書《か》かれた木《き》の表札《ひょうさつ》がある。

「ここなの？　祥子《しょうこ》さん、いるかな？」

わたしは、表札《ひょうさつ》の横《よこ》に取《と》りつけられている、インターホンのボタンをおしてみた。

「ピンポーン……。」

家《いえ》の中《なか》でチャイムが鳴《な》っている音《おと》が聞《き》こえた。

少《すこ》しまっていても、応答《おうとう》はない。

「祥子《しょうこ》さん、留守《るす》なのかな？」

わたしは、首《くび》をのばして、門扉《もんぴ》から庭《にわ》のほうをのぞいた。

庭《にわ》にも人影《ひとかげ》はない。

マツ、ウメ、カエデ……。植《う》えられた木《き》の下《した》には、のびた雑草《ざっそう》がはびこっている。

雑草《ざっそう》は、のびたどころじゃなくぼうぼうで、しばらく庭《にわ》の手入《てい》れがされていない感《かん》じだ。

一階《かい》の屋根《やね》の下《した》が物干《ものほ》し場《ば》になっているみたいだけれど、洗濯物《せんたくもの》はなにも干《ほ》してない。

「祥子《しょうこ》さん、どうしちゃったんだろう……？」

宙《そら》と二人《ふたり》で、なおも庭《にわ》をのぞいていたときだ。

「なにしてんの？　ばあちゃんちに用《よう》か？」

そう、後《うし》ろから声《こえ》をかけられた。

「ばあちゃん？」

「えっ？」とふり返《かえ》って、もっとびっくりした。

「大野《おおの》くん！」

「あ？　大野《おおの》か？　おまえ、なにやってるんだ？」

宙《そら》も、そうおどろく。

それは、二組《くみ》の大野《おおの》くんだった。

「『なにやってるんだ？』って？　だから、それをこっちがきいてるんだ。」

そういいながら、大野《おおの》くんは、門《もん》の内側《うちがわ》にまわって、郵便受《ゆうびんう》けからたまった手紙《てがみ》を取《と》り出《だ》す。

「まあ、萌《もえ》ちゃんが来《き》てくれたのはいいけど、宙《そら》までいっしょにばあちゃんちに来《く》るとはな……。」

宙《そら》が、「じゃぁ。」とつぶやいた。

「『ばあちゃんち。』……、相田《あいだ》さんちって、大野《おおの》のばあちゃんちなのか？」

大野《おおの》くんは、宙《そら》をちらりと見《み》る。

「だから、さっきからいってるだろ。ここは、ばあちゃんち。オレの、かあさんの、そのまたかあさんの家《いえ》。」

「えっ？　そしたら、祥子《しょうこ》さんが、大野《おおの》くんのおばあさんなの？」

大野《おおの》くんは、とうぜんそうにうなずく。

「知《し》らなかったぁ。」「知《し》らなかったぁ。」

わたしと宙《そら》の声《こえ》が、重《かさ》なった。

「そしたら、信介《しんすけ》さんは、大野《おおの》くんのおじいさんなの？」

わたしは、つい、そうきいてしまった。

大野《おおの》くんは、けげんそうな視線《しせん》をわたしに向《む》けた。

「そうだけど、なんで萌《もえ》ちゃんがじいちゃんのことを知《し》ってるんだ？　萌《もえ》ちゃんって、五年《ねん》の夏休《なつやす》みに引《ひ》っ越《こ》してきたんだろ？　じいちゃんが亡《な》くなったのは、もうちょっとまえのことなのに……？」

わたしは、（しまった。）という思《おも》いで、手《て》で口《くち》をふさいだ。もう亡《な》くなっているはずの人《ひと》のすがたが見《み》えるという、わたしの不思議《ふしぎ》な力《ちから》を、大野《おおの》くんは知《し》るはずもない。

「あ、いえ、祥子《しょうこ》さんからよく聞《き》いていたから……。」

そんなことを、ごまかすようにしていった。

「ふーん。そうなのか。」

大野《おおの》くんは、意外《いがい》にも素直《すなお》に信《しん》じてくれたようだ。

「ところで、相田《あいだ》さんのおばあさん、どうしたんだ？　家《いえ》にいないのか？」

まるで空気《くうき》をかえるかのように、宙《そら》がいった。

大野《おおの》くんの注意《ちゅうい》がわたしの力《ちから》のことに行《い》かないように、宙《そら》なりに気《き》をつかってくれたのだったらうれしい。

「……ん？　ばあちゃん、今《いま》、入院中《にゅういんちゅう》だから……。」

大野《おおの》くんのことばには、ちょっとためらう感《かん》じがあった。

「入院《にゅういん》って、病院《びょういん》？　祥子《しょうこ》さん、病気《びょうき》なの？」

「う、うん……。ちょっとな……。」

「いつ？　いつから入院《にゅういん》してるの？」

「夏休《なつやす》みに入《はい》ってすぐ。」

「そうだったんだ……。」

大野《おおの》くんの答《こた》えを聞《き》いて、わたしは考《かんが》えた。

夏休《なつやす》みに入《はい》ってすぐに祥子《しょうこ》さんが入院《にゅういん》したのだったら、わたしは、八月《がつ》のあいだ、まる一か月以上《げついじょう》も祥子《しょうこ》さんが公園《こうえん》に来《き》ていないのに、なんとも思《おも》わなかったことになる。勝手《かって》に暑《あつ》さのせいにしたりして……。

（うわぁ、なんてこった……。）

雅《みやび》がいうように、わたしはほんとうに鈍感《どんかん》な人間《にんげん》なのかもしれない。うなだれてしまった。

横《よこ》を見《み》ると、宙《そら》と大野《おおの》くんが、たがいににらみあうような視線《しせん》を交《まじ》えているではないか。

（ちょっ、ちょっと、こんなところに来《き》てまでバトルになるのはこまるよ……。）

先《さき》に口《くち》を開《ひら》いたのは、宙《そら》だった。

「大野《おおの》が相田《あいだ》さんちの孫《まご》だなんて、初耳《はつみみ》だ。ほんとなのか？」

そういえば、そうだ。祥子《しょうこ》さんや信介《しんすけ》さんの口《くち》から、娘《むすめ》さん（大野《おおの》くんのおかあさん？）の話《はなし》も、孫《まご》の話《はなし》も聞《き》いたことはなかった。

大野《おおの》くんは、頭《あたま》をぽりぽりかきながらいう。

「いろいろと、おとなの事情《じじょう》っていうのがあって、親子《おやこ》で絶交《ぜっこう》してるみたいなもんらしいから……。」

親子《おやこ》で絶交《ぜっこう》？

「それって、勘当《かんどう》ってやつか？」

そういたのは、宙《そら》だ。

大野《おおの》くんは、苦《にが》いものを食《た》べたあとみたいな顔《かお》で宙《そら》を見《み》る。

「勘当《かんどう》っていうか、ケンカっていうか、仲《なか》がわるいっていうか……。」

わたしは、大野《おおの》くんがいったことが意外《いがい》だった。

信介《しんすけ》さんと祥子《しょうこ》さん夫婦《ふうふ》は、二人《ふたり》ともやさしくておだやかな人柄《ひとがら》だと思《おも》う。たとえ親子《おやこ》でも、ケンカをするなんて、想像《そうぞう》もできなかった。

「それより、なんで、萌《もえ》ちゃんと宙《そら》と二人《ふたり》して、ばあちゃんちに来《き》てるんだ？」

と、大野《おおの》くんはわたしと宙《そら》の顔《かお》を見比《みくら》べる。

「コホン。」

せきばらいをしたのは、宙《そら》だ。

「萌《もえ》が、相田《あいだ》さんのおばあちゃんの家《いえ》がわからないっていったから、案内《あんない》してきただけだ。」

「ふーん。案内《あんない》してきただけね……。」

大野《おおの》くんはそういって、ちらりと宙《そら》を見《み》ただけで、あとはまるで宙《そら》を無視《むし》するように、わたしのほうだけを向《む》いた。

「萌《もえ》ちゃんのことは、ばあちゃんから聞《き》いていたんだ。」

「祥子《しょうこ》さんから？　なんて？」

「うん。いつも公園《こうえん》で声《こえ》をかけてくれる、とってもかわいい子《こ》がいるんだって。」

「えっ？　それ、わたしのこと？」

わたしは、「かわいい。」なんていってもらって、照《て》れてしまった。

「コホンッ。」とせきばらいをした宙《そら》を、大野《おおの》くんはまた横目《よこめ》で見《み》る。

「オレ、これからばあちゃんを見舞《みま》いに病院《びょういん》へ行《い》くんだけど、よかったら萌《もえ》ちゃんも行《い》く？」

大野《おおの》くんの提案《ていあん》に、わたしは大《おお》きくうなずいた。

「行《い》く。わたしも、祥子《しょうこ》さんに会《あ》いたい。でも……まだ下校《げこう》のとちゅうだし、いっぺん家《いえ》に帰《かえ》って、ランドセルをおいてきたいんだけど、いい？」

「いいよ。どうせ、オレ、ばあちゃんちの窓《まど》を開《あ》けて、空気《くうき》の入《い》れかえをしといてくれってたのまれてるから。そのあとで、ここでまってる。」

そう笑顔《えがお》でいった大野《おおの》くんは、さっそく玄関《げんかん》の引《ひ》き戸《ど》のカギを開《あ》けようとしている。

「宙《そら》くん、じゃあ、そうするね。ここまでつれてきてくれて、ありがとう。」

宙《そら》に「ありがとう。」をいって、わたしはすぐに走《はし》りだした。

急《いそ》いで家《いえ》に帰《かえ》ると、今日《きょう》はおかあさんがいた。パートで歯科医院《しかいいん》の受付《うけつけ》の仕事《しごと》をしているおかあさんだけれど、今日《きょう》はパートがお休《やす》みの日《ひ》らしかった。

「今《いま》から、友《とも》だちのおばあさんのお見舞《みま》いにいっしょに行《い》ってくるね。」

おかあさんには、そうかんたんにいった。いろいろと説明《せつめい》するのはややこしいし、その時間《じかん》もない。

「お見舞《みま》い？　病院《びょういん》へ行《い》くの？　ごめいわくじゃない？」

おかあさんって、いつもたいてい同《おな》じようなことをいう。だれかのめいわくにならないかどうか。

わたしが、わたしの気持《きも》ちのままに動《うご》く場合《ばあい》、どこからどこまでがめいわくじゃなくて、めいわくになるのはどこからなのか。

考《かんが》えると、わからなくなるときがある……。

「じゃあ、行《い》ってきまーす。」

家《いえ》の中《なか》にランドセルだけをおいて、また家《いえ》のドアを閉《し》めた。

「ワンッ！」

ドアの向《む》こうから、ソラの抗議《こうぎ》の一声《ひとこえ》が聞《き》こえた。さっき、ソラには、

「ごめんね、ソラ。病院《びょういん》にはイヌはつれていけないの。帰《かえ》ってきたら、散歩《さんぽ》に行《い》くから、まっててね。」

そういい聞《き》かせておいたけれど、わかってはなさそうだった。

うちから古《ふる》い住宅街《じゅうたくがい》につづくゆるやかな坂道《さかみち》をかけおりた。

宙《そら》の家《いえ》の前《まえ》も通《とお》りすぎて、祥子《しょうこ》さんの家《いえ》まで急《いそ》いだ。

「あれ？　宙《そら》くんも？」

息《いき》を切《き》らせて行《い》くと、祥子《しょうこ》さんちの門《もん》の前《まえ》に、大野《おおの》くんといっしょに宙《そら》もいたのだ。

二人《ふたり》とも腕組《うでぐ》みをして、たがいに目《め》をあわさないつもりか、あっちとそっち、そっぽを向《む》きあって、だまって立《た》っていた。

「萌《もえ》が行《い》くんなら、オレも行《い》こうかと思《おも》って。どうせ、ひまだし。」

と、ぶすっという、宙《そら》。

「なんだよ。ばあちゃんの見舞《みま》いでひまつぶしをしようってか？」

と、つっかかるようにいう、大野《おおの》くん。

わたしは二人《ふたり》のあいだで、宙《そら》と大野《おおの》くんの顔《かお》をかわるがわる見《み》ながらいう。

「ううん。けっして、ひまつぶしなんかじゃないと思《おも》うけど。宙《そら》くんもいっしょに来《き》てくれるのなら、心強《こころづよ》いしね。」

すると、宙《そら》は「どうだ。」とばかりに、あごを上《あ》げて大野《おおの》くんを見《み》る。

（そ、宙《そら》くん。そんな〈ドヤ顔《がお》〉しなくても……。）

大野《おおの》くんは、「ふんっ。」と鼻《はな》であしらうようにして、先《さき》に歩《ある》きだした。


大野《おおの》くんについていったところは、夕日丘市立総合病院《ゆうひがおかしりつそうごうびょういん》だった。病棟《びょうとう》がいくつかある大《おお》きな病院《びょういん》。

「ここって、浅原《あさはら》えりなさんが入院《にゅういん》していた病院《びょういん》よね？」

大野《おおの》くんがうなずく。

「よく知《し》ってるね。えりなは、夏休《なつやす》みのうちに退院《たいいん》したんだって。今《いま》は家《いえ》で療養中《りょうようちゅう》だけれど、もう少《すこ》ししたら学校《がっこう》へも来《こ》られるって、先生《せんせい》がいってる。」

「そう。よかった……。」

去年《きょねん》、交通事故《こうつうじこ》にあってずっと意識不明《いしきふめい》だった、浅原《あさはら》えりなさんの意識《いしき》がもどった

のは、夏休《なつやす》みのほんの少《すこ》しまえのことだった。そこには、わたしも少《すこ》しかかわってい
る。
そのときのことを知《し》っている宙《そら》が、わたしを見《み》て、「よかったな。」というように、
ほほえんでうなずいてみせた。
事情《じじょう》を知《し》らない大野《おおの》くんは、不思議《ふしぎ》そうな顔《かお》をしている。
ごまかすように、宙《そら》がいった。
「ここってさ、すぐに注意《ちゅうい》する看護師《かんごし》さんがいるだろ？」
そして、わざとらしくろうかを走《はし》るような急《いそ》ぎ足《あし》で行《い》く、宙《そら》。
「ろうかは、走《はし》らないでください！」
カルテを持《も》って歩《ある》いてきた看護師《かんごし》さんに、すぐにそうしかられてしまった。
(ほら、いわんこっちゃない。)
大野《おおの》くんの案内《あんない》で北館《きたかん》のエレベーターに乗《の》り、病棟《びょうとう》の三階《がい》へ上《あ》がる。
三階《がい》ナースセンターの近《ちか》くの個室《こしつ》に、「相田祥子《あいだしょうこ》」と入院患者名《にゅういんかんじゃめい》を書《か》いた名札《なふだ》が下《さ》

がっていた。

「ほら、ここがばあちゃんの部屋《へや》。」

大野《おおの》くんは、軽《かる》くノックした病室《びょうしつ》の引《ひ》き戸《ど》を、すうっと横《よこ》に引《ひ》いた。

「ばあちゃん、来《き》たよ。」

個室《こしつ》なので、ベッドは一つ。まわりのカーテンを開《あ》け広《ひろ》げたベッドに、水色《みずいろ》のパジャマを着《き》た祥子《しょうこ》さんがいた。

壁《かべ》を背《せ》にしたベッドの上半分《うえはんぶん》を少《すこ》し上《あ》げて、祥子《しょうこ》さんは本《ほん》を読《よ》んでいた。ページをめくるのは右手《みぎて》。左腕《ひだりうで》には点滴《てんてき》のチューブがつながっている。

大野《おおの》くんの声《こえ》に顔《かお》を上《あ》げた祥子《しょうこ》さんは、読《よ》んでいた本《ほん》の表紙《ひょうし》を、なぜだか急《いそ》いでかくすように手《て》でおおって、掛《か》けぶとんの下《した》においた。

それから、かけていた老眼鏡《ろうがんきょう》から上目《うわめ》づかいでわたしたちを見《み》た祥子《しょうこ》さんが、とたんに笑顔《えがお》になった。

「あら、まあ。萌《もえ》ちゃんじゃないの。山本《やまもと》さんちのボクもいっしょに？」

「山本宙《やまもとそら》です。」

「ボク。」とよばれた宙《そら》が、すぐに自己紹介《じこしょうかい》をした。

「そう、そう、あなたは宙《そら》くんね。海《かい》くんと、宙《そら》くんだったわね。」

ご近所《きんじょ》のよしみで名前《なまえ》を思《おも》いだしたのだろう。祥子《しょうこ》さんは、海《かい》の名前《なまえ》までつけくわえていった。

まばたきをした宙《そら》の目《め》が一瞬《いっしゅん》かげった。ふいに海《かい》の名前《なまえ》を聞《き》いたとき、いつも宙《そら》はそんな目《め》をする。

ふたごの宙《そら》と海《かい》。これまでだってずっと、名前《なまえ》をよばれるときは、「海《かい》くんと宙《そら》くん」と、二人《ふたり》いっしょによばれてきたのだろう。

「海《かい》くんと宙《そら》くん」……何千回《なんぜんかい》も、何万回《なんまんかい》も……。

なのに、今《いま》は宙《そら》だけになってしまったというのに……。

わたしは、宙《そら》の気《き》をそらすように、わざと明《あか》るくいった。

「ごめんなさい、祥子《しょうこ》さん。入院《にゅういん》してるなんて、ちっとも知《し》らなくて。そういえば、

祥子《しょうこ》さんたちに会《あ》わないなあって思《おも》ってたのよね。」

するど思《おも》いがけず、大野《おおの》くんがわたしのことばに反応《はんのう》した。

「萌《もえ》ちゃん、『祥子《しょうこ》さんたち』って、どういうこと？　公園《こうえん》では、ばあちゃん、一人《ひとり》じゃないのか？」

（あ、しまったぁ……。）

うっかりいってしまって、わたしはくちびるをかんだ。

わたしとソラにだけは、祥子《しょうこ》さんが信介《しんすけ》さんといっしょにいるのが見《み》えるので、「祥子《しょうこ》さんたち。」といってしまったのだ。

「あ、いえ、ううん。公園《こうえん》では、祥子《しょうこ》さんだけじゃなくて……いつも会《あ》う人《ひと》たちがいるのよ。だから、あはっ……。」

わたしはとっさに、わけのわからない、いいわけをした。

大野《おおの》くんは、「なーんだ。」という顔《かお》をしながら、ベッドわきの丸《まる》イスにすとんと腰《こし》を下《お》ろす。

「『祥子《しょうこ》さんたち。』っていうから、オレ、ばあちゃんが、こっそりとだれかに会《あ》ってたのかと思《おも》った。とうさんとか、かあさんとか……。」

とたんに、祥子《しょうこ》さんがいい返《かえ》した。

その声《こえ》が、思《おも》いがけずきびしくて、わたしはビクッとした。

「会《あ》うわけないじゃないの！　わたしが、どうしてあの人《ひと》たちと会《あ》わなければいけないの！　それも、公園《こうえん》で。」

いつもおだやかな祥子《しょうこ》さんが、そんなふうにいったのだ。

わたしは、目《め》を丸《まる》くして、宙《そら》と顔《かお》を見《み》あわせた。

大野《おおの》くんは、ため息《いき》のように「はあっ。」と息《いき》をはいてから、少《すこ》し笑《わら》った。

「ばあちゃん、そんだけ大《おお》きな声《こえ》が出《で》るんなら、元気《げんき》な証拠《しょうこ》だな。安心《あんしん》した。このまえは、『信介《しんすけ》さんが来《き》てくれたから、おしゃべりしてたの。』なんていうもんだから、あの世《よ》からじいちゃんがお迎《むか》えに来《き》たのかと思《おも》って、心配《しんぱい》してたんだ。」

（えっ!?　どういうこと？　信介《しんすけ》さんが見《み》えたってこと？）

おどろいて、わたしはまた宙《そら》と目《め》をあわせた。

「だって、ほんとうに、信介《しんすけ》さんだったんだもの……。」

「ばあちゃんったら、どうせ夢《ゆめ》でも見《み》てたんだろ？」

すねたようにいう祥子《しょうこ》さんを、大野《おおの》くんが笑《わら》った。

「祥子《しょうこ》さん。また来《き》てもいい？　でも、それより早《はや》く元気《げんき》になれるといいんだけどね。」

祥子《しょうこ》さんにそういって、わたしと宙《そら》は、先《さき》に病室《びょうしつ》から出《で》ていくことにした。

「ありがとう。また、来《き》てね。」

祥子《しょうこ》さんは、にっこりほほえんで、わたしたちに手《て》をふってくれた。

祥子《しょうこ》さんのベッドからはなれるとき、掛《か》けぶとんからはみ出《で》た本《ほん》が目《め》に入《はい》った。青《あお》い表紙絵《ひょうしえ》の本《ほん》だ。

（海《うみ》？　きれい……。）

さざ波《なみ》を表《あらわ》しているのだろうか？　幾重《いくえ》にも重《かさ》ねた青《あお》の色《いろ》がすきとおるようにきれ

いで、思《おも》わず表紙《ひょうし》に目《め》をうばわれた。

一瞬《いっしゅん》だったから、作者名《さくしゃめい》やタイトルのむずかしい漢字《かんじ》は読《よ》み取《と》れなかった。といっても、祥子《しょうこ》さんが読《よ》んでいたのは分厚《ぶあつ》いおとなの本《ほん》みたいだったし、おとなの本《ほん》の作家《さっか》さんなんて、わたしはほとんど知《し》らないのだけれど……。


病院《びょういん》から帰《かえ》る道《みち》すがら、宙《そら》といっしょにゆっくりと歩《ある》いた。もっとも、

「おまえ、なにか考《かんが》えごとしてると、ぼうっとして、すぐに動《うご》きが止《と》まんのな。」

そう宙《そら》にいわれたように、わたしが足《あし》を速《はや》めずにぼうっとしていたから、宙《そら》もゆっくりと歩《ある》かざるをえなかったらしい。

「どうせ、相田《あいだ》さんちのおばあさんとおじいさんのことを考《かんが》えてるんだろ？」

わたしは、こくんとうなずいた。

「祥子《しょうこ》さん、病室《びょうしつ》で、信介《しんすけ》さんが来《き》てたっていってたでしょ？」

「ああ。信介《しんすけ》さんって、亡《な》くなった相田《あいだ》さんちのおじいさんだろ？　大野《おおの》のおじいさ

んでもあるんだよな。」

「そう。信介《しんすけ》さんが見《み》えるのって、わたしとソラだけで、祥子《しょうこ》さんには見《み》えないはずなのに……。」

「だから大野《おおの》は、夢《ゆめ》だったんじゃないかっていってたじゃないか？」

「うん。夢《ゆめ》だったらいいんだけど……。」

「じゃなかったら、なんなんだ？」

「霊感《れいかん》って、生《う》まれつきそれを持《も》っている人《ひと》はいるらしい。それから、わたしやソラみたいに、死《し》にそうな目《め》にあうと、そういう力《ちから》が宿《やど》ることもあるんだって。あとは、すごく死《し》に近《ちか》くなった人《ひと》とか……。そう聞《き》いたことがある。」

「えっ？　じゃあ、もしかして、相田《あいだ》のおばあさんの病気《びょうき》って、そんなに重《おも》いってこと……？」

宙《そら》もそういって、目《め》をきょときょと動《うご》かす。

宙《そら》まで不安《ふあん》になるような、そんなこわい想像《そうぞう》をしてしまったわたしは、あわてて首《くび》を横《よこ》にふった。

「そんなこと……ない、ない。だって、祥子《しょうこ》さん、元気《げんき》そうだったもの。大《おお》きな声《こえ》だって出《だ》してたし、分厚《ぶあつ》い本《ほん》も読《よ》んでたし……。」

（そんなはずないよ……。）

それ以上《いじょう》いうと泣《な》いてしまいそうで、わたしはことばをのみこんだ。

そんなわたしをじっと見《み》つめてくる宙《そら》の黒《くろ》いひとみを、今《いま》さらながらとてもきれいだと思《おも》った。

4 大野《おおの》くんにドキッ？

つぎの日《ひ》の朝《あさ》、わたしはソラといつものように散歩《さんぽ》に出《で》た。

「ソラ、散歩《さんぽ》だぞ。」

「ワン、ワン、ワン……。」

散歩大好《さんぽだいす》き、ごはん大好《だいす》き、のソラ。

「散歩《さんぽ》」のことばを聞《き》くと、もうドアの前《まえ》に飛《と》んでいって、ぐるぐるとまわりはじめる。

うれしくてじっとしていられない、ソラの首輪《くびわ》に散歩用《さんぽよう》のリードを取《と》りつけて、外《そと》へ出《で》る。

家族《かぞく》で引《ひ》っ越《こ》してきた新居《しんきょ》にソラを迎《むか》えてから、一年以上《ねんいじょう》つづけてきた、わたしの日課《にっか》だ。

ニュータウンから、宙《そら》の家《いえ》がある古《ふる》くからの住宅街《じゅうたくがい》を通《とお》り、公園《こうえん》まで行《い》くのがいつもの散歩《さんぽ》コースだ。

宙《そら》の家《いえ》の前《まえ》では、少《すこ》し歩《あゆ》みをゆっくりにして門《もん》の中《なか》をのぞいたけれど、宙《そら》のすがたは見《み》えなかった。もう朝《あさ》のランニングに出《で》かけたあとかもしれない。

たぶん運動会《うんどうかい》のリレーをがんばるために、走《はし》るコースを長《なが》くして、今《いま》までより早《はや》くに走《はし》りだしたのかもしれなかった。

「ソラ、走《はし》ろうか？　でも、ちょっとだけだぞ。」

わたしも宙《そら》のトレーニングを見習《みなら》うことにして（いっとくけど、少《すこ》しだけだぞ）、足《あし》を速《はや》めた。

ソラは、「早《はや》く、早《はや》く。」というように、リードをぴんっとはって、わたしを引《ひ》っぱる。

（えへへ。こりゃ楽《らく》だね。）

そんなふうにして、公園《こうえん》まで走《はし》ってきた。

「あれっ？　信介《しんすけ》さん？」

遊歩道《ゆうほどう》のベンチ。いつも祥子《しょうこ》さんといっしょにいたベンチに、一人《ひとり》ですわっている信介《しんすけ》さんのすがたがあった。

「おはよう、萌《もえ》ちゃん。」

信介《しんすけ》さんが、わたしに軽《かる》く手《て》をあげる。

「ワンッ。」

一声《ひとこえ》ソラが鳴《な》いたので、信介《しんすけ》さんが笑《わら》った。

「ごめん、ごめん。ソラにも『おはよう。』をいわないとね。おはよう、ソラ。」

「ワンッ。」

自分《じぶん》にも朝《あさ》のあいさつをしてもらって満足《まんぞく》したのか、ソラは信介《しんすけ》さんの足元《あしもと》にちょこんとすわった。

「おはようございます。信介《しんすけ》さん。」

わたしも、ベンチの信介《しんすけ》さんのとなりに腰《こし》を下《お》ろした。

「萌《もえ》ちゃん、きのうはありがとうな。祥子《しょうこ》さんのお見舞《みま》いに来《き》てくれて。」

「え？　信介《しんすけ》さん、知《し》ってるの？　きのう、信介《しんすけ》さんは病室《びょうしつ》にいなかったのに。」

「ああ。こうなってから、いろいろなできごとは、なんとなく感《かん》じることでわかるんだ。」

（こうなってから……？）

そうか。「こうなってから」というのは、亡《な》くなって、魂《たましい》だけのすがたになってから、という意味《いみ》なんだと納得《なっとく》した。

納得《なっとく》したけれど、それはやっぱり悲《かな》しくてせつない。

わたしは、信介《しんすけ》さんになら、たずねてもゆるしてもらえるような気《き》がした。

「わたし、二組《くみ》の大野《おおの》くんが、信介《しんすけ》さんと祥子《しょうこ》さんの孫《まご》だって、初《はじ》めて知《し》った。」

「そうか。そのことは話《はな》してなかったね。」

信介《しんすけ》さんは、顔《かお》をほころばせる。

「ねえ、信介《しんすけ》さん。きいていい？」

信介《しんすけ》さんは、「なんだい？」というように、わたしに顔《かお》を向《む》ける。

「あのね、祥子《しょうこ》さんって、大野《おおの》くんのおとうさんとおかあさんとは、仲《なか》がわるいの？

ケンカしてるとか？」

信介《しんすけ》さんは、「ああ、そのことか。」と、うなずいた。

「ケンカっていうわけでもないんだけれど、娘《むすめ》の結婚問題《けっこんもんだい》が出《で》たときから、うまくいかなくなってね。」

信介《しんすけ》さんは、わたしのことを子《こ》どもあつかいはしない。なんでもちゃんと話《はな》してくれる。

そういうところも、わたしが信介《しんすけ》さんと祥子《しょうこ》さんのことが好《す》きな理由《りゆう》の一つだ。

「ぼくは、そう反対《はんたい》しなかったんだが、祥子《しょうこ》さんは、娘《むすめ》が優吾《ゆうご》の父親《ちちおや》と結婚《けっこん》したいといいだしたとき、猛反対《もうはんたい》したんだよ。『あなたがどうしてもあの人《ひと》と結婚《けっこん》するっていうんなら、親子《おやこ》の縁《えん》を切《き》るわ。』『ええ、けっこうよ。勘当《かんどう》でもなんでもしてちょうだい。』なんてね。けっきょく、娘《むすめ》は祥子《しょうこ》さんの反対《はんたい》をおしきって結婚《けっこん》したから、それ以来《いらい》ずっと険悪《けんあく》なままというわけなんだ。」

「祥子《しょうこ》さんは、今《いま》でも、娘《むすめ》さん……大野《おおの》くんのおかあさんのことをゆるしていないの？」

「さあ、どうだろう……？」

信介《しんすけ》さんは、少《すこ》し首《くび》をかたむけてみせる。

「たまになにかで会《あ》うことがあっても、二人《ふたり》ともろくに口《くち》もきかない。娘《むすめ》も祥子《しょうこ》さんも、意地《いじ》をはっているだけだと思《おも》うのだけれどね。祥子《しょうこ》さんが入院《にゅういん》しても、おたがいのかわりに優吾《ゆうご》にいろいろたのんだりして。気《き》の毒《どく》なのは、優吾《ゆうご》だ。」

なるほどね。だから、大野《おおの》くんが、祥子《しょうこ》さんの家《いえ》に用事《ようじ》をすませにいっていたというわけだ。

「大野《おおの》くん、おばあちゃん思《おも》いなのね。知《し》らなかったけど……。」

そうだ。宙《そら》や亮介《りょうすけ》とケンカする大野《おおの》くんを見《み》ていただけでは、そんなやさしいところもあるなんてわからない。

人《ひと》の気持《きも》ちは、目《め》には見《み》えない。

「そうだね。優吾《ゆうご》は、吾郎《ごろう》さんに似《に》て、いい子《こ》だ。」

「『吾郎《ごろう》さん』？」

「ああ。優吾《ゆうご》の父親《ちちおや》。」

そういって、信介《しんすけ》さんがほほえむ。

（「吾郎《ごろう》さん」って……？）

わたしはその名前《なまえ》を、どこかで聞《き》いたことがあるように思《おも》った。

首《くび》をひねってみたとき、足元《あしもと》のソラと目《め》があった。

「ワンッ！」

ソラが一声鳴《ひとこえな》く。それで、わたしは、またべつのことを思《おも》いだしてしまった。

「信介《しんすけ》さん？」

「ん？　なんだい？」

「病院《びょういん》に行《い》ったとき、祥子《しょうこ》さんが、信介《しんすけ》さんと話《はな》した、とかっていってたんだけど。ほんとうなの？　祥子《しょうこ》さんに、信介《しんすけ》さんが見《み》えるの？」

「……さあ、なあ……。」

信介《しんすけ》さんは、どちらともいえない返事《へんじ》をした。

だからわたしは、祥子《しょうこ》さんの病気《びょうき》が重《おも》いのかどうなのか、そんなことはきけなかった。

集団登校《しゅうだんとうこう》するわたしたちに、朝《あさ》の日《ひ》ざしがふりそそぐ。

九月《がつ》に入《はい》っても、まだまだ空気《くうき》に暑《あつ》さが残《のこ》っている。

校庭《こうてい》のサクラの木《き》では、葉《は》かげからセミの鳴《な》き声《ごえ》も聞《き》こえる。

ずいぶんとのんびり屋《や》のセミ。今《いま》ごろ出《で》てきて鳴《な》いてたら、夏《なつ》においていかれてしまうよ。

（まるで、わたしみたい……。）

「おはようっす！」

声《こえ》をかけてわたしを追《お》いこしていったのは、宙《そら》だった。

（あ、宙《そら》くん。まって……。）

集団登校《しゅうだんとうこう》の班《はん》を解散《かいさん》させたわたしは、足《あし》を速《はや》めて、昇降口《しょうこうぐち》のところで宙《そら》に追《お》いついた。

きのう、宙《そら》が祥子《しょうこ》さんの家《いえ》を教《おし》えてくれて、いっしょに病院《びょういん》へも行《い》ってくれたことに、お礼《れい》をいっておきたかった。

「宙《そら》くん、おはよう。きのうは、ありがとうね。」

「うっす！」

わたしをふり返《かえ》った宙《そら》が、スニーカーを上靴《うわぐつ》にはきかえながら、片手《かたて》を軽《かる》くあげた。

ほかの人《ひと》からすると、ほとんど意味《いみ》がわからないだろうわたしたちのこんな会話《かいわ》に、反応《はんのう》したのは、先《さき》に昇降口《しょうこうぐち》にいた亮介《りょうすけ》だった。

「うん？　『ありがとう。』って、なに？　宙《そら》、きのう、萌《もえ》ちゃんに、なにしてあげたの？」

興味津々《きょうみしんしん》で顔《かお》をつっこんでくる、亮介《りょうすけ》。

「べつに、なんもしてないし、なんでもない。」

宙《そら》は、そうぶすっと返《かえ》す。

「えーっ？　『なんでもない。』なんていうところが、なんか、変《へん》。あやしいぃ～。」

亮介《りょうすけ》は、わざと語尾《ごび》を上《あ》げて、変《へん》なオネエ口調《くちょう》でいった。

「亮介《りょうすけ》のバーカ……えっ？」

亮介《りょうすけ》の頭《あたま》をはたこうとした宙《そら》の手《て》が、横《よこ》からつかまれた。

それは大野《おおの》くんだった。

「暴力反対《ぼうりょくはんたい》！」

宙《そら》は、「はあっ？」と声《こえ》をあげて、大野《おおの》くんの手《て》をふりはらった。

「いってぇなぁ。これのどこが暴力《ぼうりょく》なんだ？　ほんと、まったくぅ……。」

大野《おおの》くんは、手首《てくび》をさする宙《そら》を無視《むし》するようにほうっておいて、わたしに話《はな》しかけてきた。

「萌《もえ》ちゃん、きのうはありがとうね。」

わたしは、「いえいえ。」と首《くび》を横《よこ》にふる。

「えっ、ええーっ？」

亮介《りょうすけ》が、またすっとんきょうな声《こえ》をあげた。

「また、またぁ。こんどは、なに？　二組《くみ》の大野《おおの》くんまで。きのう、ぼくだけのけものにしておいて、いったいなにがあったんですかぁ？」

「のけものかどうかは知《し》らないけど、きのう、萌ちゃんが、ぼくのおばあちゃんのお見舞《みま》いに来《き》てくれたんだ。だから、ありがとうっていったんだ。」

そうこたえたのは、大野《おおの》くんだった。

「え、べつに、わたしだけでお見舞《みま》いにいったわけじゃないんだけど……。」

また宙《そら》を無視《むし》するようにいう大野《おおの》くんに、とまどってしまう。

それに、祥子《しょうこ》さんに会《あ》いたいからついていっただけで、わざわざお見舞《みま》いに行《い》ったわけではないのにと思《おも》う。

「やっぱり、ばあちゃんがいってたとおりだね。」

そんなことをいった大野《おおの》くんに反応《はんのう》したのも、亮介《りょうすけ》だった。

「ばあちゃんって、大野《おおの》くんのおばあちゃん？　おばあちゃん、なんて？」

「うん？　ばあちゃん、『萌《もえ》ちゃんって、ほんとに、かわいいの。優吾《ゆうご》もわかったでしょ？』って、いってた。」

（えっ、ええーっ！）

面《めん》と向《む》かってそんなことを聞《き》かされても、わたしはなんていったらいいのかがわからない。

「ふんっ。」

鼻《はな》を鳴《な》らした宙《そら》は、大野《おおの》くんをちらっとだけ見《み》ると、さっさとろうかを歩《ある》いていってしまった。

つっ立《た》っているわたしは、ただいたたまれない気持《きも》ちになった。

大野《おおの》くんは、そんな宙《そら》の態度《たいど》を気《き》にもとめずにまたいう。

「ばあちゃんが、『萌《もえ》ちゃんに、また来《き》てちょうだいね、と伝《つた》えてちょうだい。』ともいってた。」

「え、ええ。それは……わたしも、また祥子《しょうこ》さんに会《あ》いたいから……。」

この場《ば》にまだ残《のこ》っていた亮介《りょうすけ》が、ニヤニヤしながら、大野《おおの》くんとわたしを見比《みくら》べる。

「えー？　どうしてぇ？　大野《おおの》くんと萌《もえ》ちゃんと、なんだか急接近《きゅうせっきん》って感《かん》じぃ。」

「どうしても、なにもないよ。」

(だからぁ。そのオネエ口調《くちょう》はやめてちょうだい、亮介《りょうすけ》くんってば……。)

きのうまでは、ただのとなりのクラスの男子《だんし》でしかなかった、大野《おおの》くんだ。

そんな人《ひと》に「かわいい。」っていわれて、変《へん》に意識《いしき》してしまった。

今《いま》まで名前《なまえ》くらいしか知《し》らなかった大野《おおの》くんなのに、なんでそうなっちゃうんだろう？

「萌《もえ》ちゃん、じゃあね。」

わたしにほほえみかけて、先《さき》に歩《ある》いていこうとする大野《おおの》くん。

あたふたするくらい、ドキッとしてしまった自分《じぶん》がわからない。

「ふーん……。」

なんて、そばで意味《いみ》ありげにニヤニヤしている亮介《りょうすけ》のことを、めんどうくさく思《おも》ってしまった。

すると、歩《ある》きかけた大野《おおの》くんが、くるりと上半身《じょうはんしん》だけこちらをふり返《かえ》ったのだ。

「やっぱり、いいね。萌《もえ》ちゃん！」

そういって、右手《みぎて》の親指《おやゆび》をつき出《だ》した。

（な、なに……？）

そばで亮介《りょうすけ》が、「チッ。」と舌打《したう》ちするのが聞《き》こえた。

「なに、あれ？　バッカじゃないの？」

亮介《りょうすけ》は小声《こごえ》でいったけれど、ちゃんと大野《おおの》くんの耳《みみ》にとどいたらしい。

「なんだよ。バカにバカっていわれたくねーわ！」

「バカだから、バカじゃん。ふんっ！　バーカ！」

「なんだよ。そっちこそ、バーカ！」

「バーカ！」

「バーカ！」

「バーカ！」

「バーカ！」

にらみあった亮介《りょうすけ》と大野《おおの》くんは、教室《きょうしつ》までのろうかを、おたがいに「バーカ！」を連呼《れんこ》しながら走《はし》っていった。

（はあっ。なんでこうなるんだろう……。）

あとから行《い》くわたしは、大《おお》きな大《おお》きなため息《いき》をついた。

キーンコーン、カーンコーン……。

朝《あさ》の始業《しぎょう》のチャイムが鳴《な》る。

「ほーら、みんな、教室《きょうしつ》に入《はい》れぇ。たーいせつな国語《こくご》の時間《じかん》だぞぉ！」

いつものようにろうかにいたみんなを、教室《きょうしつ》に追《お》いこむ坂口先生《さかぐちせんせい》。

「あーあ、なんで生《う》まれつき日本人《にほんじん》なのに、わざわざ日本語《にほんご》を習《なら》わないといけないのかねぇ。毎日《まいにち》ちゃんと、日本語《にほんご》をしゃべってるっつうの。」

なんて、わけのわからないへりくつをいって、亮介《りょうすけ》は坂口先生《さかぐちせんせい》にはたかれそうになっている。さっき大野《おおの》くんと「バーカ！」をいいあいしていたばかりなのに、けろりとして亮介《りょうすけ》は舌《した》を出《だ》す。

ガタガタとイスを引《ひ》く音《おと》が教室《きょうしつ》にひびき、クラスの全員《ぜんいん》が席《せき》について、授業《じゅぎょう》が始《はじ》まる。

教壇《きょうだん》に立《た》った坂口先生《さかぐちせんせい》が、いつものクセで、バンッと音《おと》をたてて教卓《きょうたく》をたたく。

「よし、授業《じゅぎょう》を始《はじ》めるぞ。」という、先生《せんせい》なりの合図《あいず》だ。

先生《せんせい》が着《き》ているのは、おなじみの黒《くろ》いジャージのズボンと白《しろ》い半《はん》そでT《ティー》シャツ。寒《さむ》くなるとその上《うえ》にジャージの上着《うわぎ》が加《くわ》わるだけだ。

いつも同《おな》じものを着《き》ていることを亮介《りょうすけ》がからかうと、

「あのな、オレの洋服《ようふく》ダンスには、同《おな》じ黒《くろ》ジャージがずらりとならんでいるんだ。わかったか。」

なんていう坂口先生《さかぐちせんせい》だけれど、それはあやしいもんだと、クラス全員《ぜんいん》が思《おも》っている。

それでも、坂口先生《さかぐちせんせい》は自分《じぶん》のスタイルをくずさない。

もう少《すこ》しおしゃれしたら、ひとみ先生《せんせい》だって、坂口先生《さかぐちせんせい》のことを見直《みなお》してくれるかもしれないのに……。

ちなみに、坂口先生《さかぐちせんせい》はひとみ先生《せんせい》のことがぜったい好《す》きだ。そのことには、クラスの全員《ぜんいん》が気《き》づいている。

全員《ぜんいん》が気《き》づいていることに気《き》づいていないのは、本人《ほんにん》の坂口先生《さかぐちせんせい》だけだ。

そんなことを考《かんが》えていたら、後《うし》ろの席《せき》の結衣《ゆい》に背中《せなか》をつつかれた。

「……萌《もえ》ちゃん。……萌《もえ》ちゃん。」

「うん？　なーに？」

ひょいっと結衣《ゆい》をふり返《かえ》った。そのとたん、坂口先生《さかぐちせんせい》のダミ声《ごえ》がふってきた。

「萌《もえ》、おまえなあ。オレのことをじいっと見《み》てるから、わかってるのかと思《おも》って当《あ》てたら、返事《へんじ》もしないとはどういうことだ？」

「えっ？　すみません……。」

（あぁ。また、やってしまった。）

どうやら、坂口先生《さかぐちせんせい》のジャージのことを考《かんが》えているあいだに、坂口先生《さかぐちせんせい》がわたしを指名《しめい》したようだ。

（はあ……なんにも聞《き》こえていなかった。）

なにか考《かんが》えだすとすぐにぼうっとしてしまう、わたしのわるいクセだ。

「物語《ものがたり》の主題《しゅだい》とは、どういうことか？　そういたんだ。じゃあ……雅《みやび》、わかるか？」

坂口先生《さかぐちせんせい》は、かわりに雅《みやび》を指名《しめい》した。「萌《もえ》も考《かんが》えておけ。」とひとことつけくわえながら。

窓際《まどぎわ》の前《まえ》のほうの席《せき》にいる雅《みやび》が、「はい。」と、ポニーテールの髪《かみ》をゆらして立《た》ち上《あ》がった。わたしからは、ダンガリーのワンピースを着《き》た背中《せなか》しか見《み》えない。

「物語《ものがたり》の主題《しゅだい》というのは、その物語《ものがたり》を通《とお》して作者《さくしゃ》がうったえようとしている主《おも》なこと。つまりテーマのことだと思《おも》います。」

雅《みやび》は、よく通《とお》るリンとした声《こえ》でそうこたえた。

「うわーっ！」

「すごーい！」

みんなが感心《かんしん》した声《こえ》をあげる。わたしも、

(すごーい。かんぺきじゃない？)

そう思《おも》った。

そんなの、わたしに指名《しめい》されたって、そこまできちんとこたえられる自信《じしん》なんてまったくない。

雅《みやび》は背筋《せすじ》をすっとのばしたまま、コトッと腰《こし》だけイスに下《お》ろす。

坂口先生《さかぐちせんせい》も、「ほおっ。」と感心《かんしん》した声《こえ》をあげて腕《うで》を組《く》む。

「さすが、雅《みやび》だな。よくしっかりとこたえられたぞ。みんなも、いいか？　今《いま》、雅《みやび》がいったように、主題《しゅだい》、つまりテーマはなにかをよく考《かんが》えながら読《よ》んでいこう。この物語《ものがたり》で作者《さくしゃ》がいいたいのは、どういうことか？　とくに主人公《しゅじんこう》の心情《しんじょう》の変化《へんか》に注意《ちゅうい》して見《み》てみよう。では、教科書《きょうかしょ》の百八ページ、はじめから……。」

坂口先生《さかぐちせんせい》に指名《しめい》された由香《ゆか》が立《た》って、教科書《きょうかしょ》の音読《おんどく》を始《はじ》めた。

わたしも、由香《ゆか》の声《こえ》といっしょに教科書《きょうかしょ》の文章《ぶんしょう》を目《め》で追《お》っていった。

「……はい、そこまで。由香《ゆか》、よく読《よ》めたぞ。」

と、坂口先生《さかぐちせんせい》の声《こえ》。

わたしは、教科書《きょうかしょ》から顔《かお》を上《あ》げて、ふと宙《そら》のほうを見《み》てしまった。

宙《そら》の席《せき》も窓際《まどぎわ》だけれど、雅《みやび》よりもっと後《うし》ろだ。

宙《そら》は、片手《かたて》でほおづえをついて、教室《きょうしつ》の窓《まど》の向《む》こうを見《み》ていた。宙《そら》の目《め》の先《さき》には、いったいなにがあるのだろう……。

窓《まど》の向《む》こうに広《ひろ》がる空《そら》。うかんだ白《しろ》い雲《くも》の中《なか》に海《かい》の笑顔《えがお》が見《み》えた気《き》がして、わたしはまばたきをくりかえした。

5 物語《ものがたり》の主題《しゅだい》って？

貸出《かしだし》カウンターの上《うえ》の本《ほん》は、アンデルセンの『人魚姫《にんぎょひめ》』。それを持《も》ってきたのは、三年生《ねんせい》の柏木奈緒《かしわぎなお》という女《おんな》の子《こ》だ。

わたしは、『人魚姫《にんぎょひめ》』の本《ほん》と奈緒《なお》ちゃんの顔《かお》を見比《みくら》べる。

奈緒《なお》ちゃんは、ほっぺたを赤《あか》くしてうつむいている。

「奈緒《なお》ちゃん、また『人魚姫《にんぎょひめ》』を借《か》りるの？」

奈緒《なお》ちゃんは、だまってうなずく。

この『人魚姫《にんぎょひめ》』の本《ほん》。夏休《なつやす》みの図書館開放《としょかんかいほう》のときにも、奈緒《なお》ちゃんは、この本《ほん》を借《か》りていった。貸《か》し出《だ》しの手続《てつづ》きをしたのは、図書委員《としょいいん》の当番《とうばん》をしていたわたしだったから、おぼえている。

奈緒《なお》ちゃんにかけたわたしの声《こえ》が聞《き》こえたのだろう。となりにすわって返却《へんきゃく》された本《ほん》の手続《てつづ》きをしていた雅《みやび》が、顔《かお》をこちらに向《む》けた。

「三年《ねん》二組《くみ》の柏木奈緒《かしわぎなお》さんよね？　その本《ほん》、おととい返却《へんきゃく》したばかりよね。よほど、『人魚姫《にんぎょひめ》』が好《す》きなのね？」

そういうと、雅《みやび》はまた本《ほん》の返却《へんきゃく》の仕事《しごと》にもどった。

奈緒《なお》ちゃんの顔《かお》を見《み》ると、きゅっと口《くち》を一文字《いちもんじ》に結《むす》んだまま、首《くび》を小《ちい》さく横《よこ》にふっている。

「奈緒《なお》ちゃん、ちがうの？」

小《ちい》さくうなずいた奈緒《なお》ちゃんが、ひとことだけぽつりといった。

「きらい……。」

「えっ？　この本《ほん》、きらいなの？　きらいなのに、何度《なんど》も読《よ》むの？」

わたしは、貸《か》し出《だ》し仕事《しごと》の手《て》を止《と》めて、じっと奈緒《なお》ちゃんを見《み》つめた。

だまったままで、『人魚姫《にんぎょひめ》』の貸《か》し出《だ》しをまっている、奈緒《なお》ちゃん。

きらいな本《ほん》を何度《なんど》も借《か》りる理由《りゆう》がわからないわたしは、『人魚姫《にんぎょひめ》』のあらすじを思《おも》いだしてみた。

わたしが初《はじ》めてアンデルセンの『人魚姫《にんぎょひめ》』を読《よ》んだのは、たぶん三年生《ねんせい》のときだった。

（あ、奈緒《なお》ちゃんといっしょだ。）

……人間《にんげん》の王子《おうじ》に恋《こい》をした人魚姫《にんぎょひめ》は、その声《こえ》と引《ひ》き替《か》えに海《うみ》の魔女《まじょ》から薬《くすり》をもらって、人間《にんげん》になった。

でも、王子《おうじ》がほかの娘《むすめ》と結婚《けっこん》すると、人魚姫《にんぎょひめ》は海《うみ》の泡《あわ》になって消《き》えなければいけない。

王子《おうじ》は、人魚姫《にんぎょひめ》の思《おも》いに気《き》づかずに、となりの国《くに》の姫《ひめ》を好《す》きになってしまう。

王子《おうじ》の結婚式《けっこんしき》の日《ひ》の夜明《よあ》けまえ、人魚姫《にんぎょひめ》の姉《あね》たちが、海《うみ》の魔女《まじょ》からもらったナイフを持《も》って、海《うみ》から顔《かお》を出《だ》す。ナイフで王子《おうじ》の胸《むね》をつき、その血《ち》をあびると、人魚姫《にんぎょひめ》は人魚《にんぎょ》にもどれるという。

けれども、どうしても王子《おうじ》を殺《ころ》せない人魚姫《にんぎょひめ》は、海《うみ》の泡《あわ》になり、空《そら》にのぼっていく……。

わたしは、『人魚姫《にんぎょひめ》』のあらすじと、初《はじ》めて読《よ》んだときの気持《きも》ちを思《おも》いだした。

海《うみ》の泡《あわ》になって消《き》えていく人魚姫《にんぎょひめ》のことを思《おも》うと、どうしようもなく悲《かな》しくて、こわくて、こわくて、しかたがなかったあのときの気持《きも》ち……。

(あっ！　そうだ。そうだよね、奈緒《なお》ちゃん！)

わたしは、貸《か》し出《だ》しの手続《てつづ》きを終《お》えた『人魚姫《にんぎょひめ》』を手《て》わたして、奈緒《なお》ちゃんに声《こえ》をかけた。

「奈緒《なお》ちゃん。納得《なっとく》がいかないよね？」

わたしの目《め》を見《み》た奈緒《なお》ちゃんは、こんどは大《おお》きくうなずいた。

「なんで人魚姫《にんぎょひめ》は泡《あわ》になって消《き》えなくちゃいけないんだろうね？　わたしも『人魚《にんぎょ》姫《ひめ》』を読《よ》んだとき、納得《なっとく》できなくて、悲《かな》しくてしかたがない気持《きも》ちになったよ。」

そういうわたしの顔《かお》を、奈緒《なお》ちゃんは大《おお》きなひとみでじっと見《み》つめてくる。

「だから、何度《なんど》でもまた読《よ》んでしまうのね？」

ほんとうは泣《な》きたいような顔《かお》でまばたきをくりかえして、奈緒《なお》ちゃんはうなずいた。

「こんどはお話《はなし》の終《お》わりが変《か》わってたらいいのにって思《おも》うんだけど、やっぱり変《か》わらないの……。」

ふにゃっとたよりなく笑《わら》った奈緒《なお》ちゃんは、大事《だいじ》そうに『人魚姫《にんぎょひめ》』をかかえて帰《かえ》っていった。

わたしは、貸出《かしだし》カウンターに両《りょう》ひじをついて、またぼうっとしてしまった。

王子《おうじ》さまに恋《こい》をした人魚姫《にんぎょひめ》。

でも、人間《にんげん》の足《あし》をもらうかわりに声《こえ》を失《うしな》って、王子《おうじ》に気持《きも》ちを伝《つた》えることもできない。

自分以外《じぶんいがい》の人《ひと》と結婚《けっこん》しようとする王子《おうじ》を、ただ見守《みまも》ることしかできない。

愛《あい》する王子《おうじ》の命《いのち》と引《ひ》き替《か》えにしてまで、自分《じぶん》が生《い》きることはできなくて……。

なんて悲《かな》しい恋《こい》だろう？

「はぁ……。」

考《かんが》えこんで、ため息《いき》をついてしまった。

「よし、よし。」

近《ちか》づいてきたひとみ先生《せんせい》が、わたしの頭《あたま》をなでてくれた。

「奈《な》緒《お》ちゃんに、ステキなことばをかけてあげられたね。」

「ひとみ先生《せんせい》……。でも、奈《な》緒《お》ちゃん、何《なん》度《ど》読《よ》んでも納得《なっとく》がいかないと思《おも》う。わたしが、そうだったから。」

すると、横《よこ》から雅《みやび》もいった。

「そりゃあ、何《なん》度《ど》読《よ》んだところで、お話《はなし》が変《か》わるわけじゃないし。ハッピーエンドにはならないものね。」

「そうだよねぇ……。ねえ、雅《みやび》さんは、『人魚姫《にんぎょひめ》』を読《よ》んだとき、どう思《おも》った？」

雅《みやび》は、「うーん。」と少《すこ》し考《かんが》えた。

「でも、悲《かな》しい恋《こい》の話《はなし》だからこそ、ずっと人《ひと》の心《こころ》に残《のこ》って読《よ》まれてきたんじゃない？　もし『人魚姫《にんぎょひめ》』がハッピーエンドの話《はなし》だったら、こんなに有名《ゆうめい》にならなくて、長《なが》く読《よ》み継《つ》がれてこられなかったかもしれないわ。」

「なるほどね。それはそうかもね。」

と、わたしは感心《かんしん》した。

「でも……。アンデルセンは、なんでこんなお話《はなし》を書《か》いたんだろう？　ずっと読《よ》まれるために悲《かな》しいお話《はなし》にしたわけなのかな……？」

わたしは、今日《きょう》の国語《こくご》の時間《じかん》に学習《がくしゅう》したことを思《おも》いだした。〈物語《ものがたり》の主題《しゅだい》〉？

今《いま》まではそんなもの、考《かん》えもしないで本《ほん》を読《よ》んでいた。これからだって、考《かんが》えないと思《おも》う。

そんなの考《かんが》えながら読《よ》んでいたら、大好《だいす》きな読書《どくしょ》が、学習《がくしゅう》のための読書《どくしょ》になってしまいそうでいやだ。

でも、今日《きょう》は考《かんが》えた。アンデルセンは、なにを思《おも》って、こんな悲《かな》しい恋《こい》の話《はなし》を書《か》いたんだろう？

「それはね……。」

腕組《うでぐ》みをするひとみ先生《せんせい》が、わたしと雅《みやび》のあいだに立《た》った。

「この『人魚姫《にんぎょひめ》』を書《か》いたころのアンデルセンは、まだ若《わか》くて、何度《なんど》も恋《こい》をしてはふられてばかりだったからだ。という説《せつ》もあるのよ。」

「えっ、そうなの？」

ひとみ先生《せんせい》がいった、アンデルセンのエピソードは意外《いがい》だった。

アンデルセンの子《こ》どものころのことは、本《ほん》で読《よ》んだことがある。とても貧《まず》しい靴屋《くつや》さんの子《こ》で、いつも空想《くうそう》の世界《せかい》で遊《あそ》んでいたとか……。

おとなになってからは、ふられてばかり？　あんなにたくさんの童話《どうわ》や詩《し》を書《か》くことができる人《ひと》が、そんなにもてない人《ひと》だったなんて、信《しん》じられない。

「アンデルセンは、生涯独身《しょうがいどくしん》だったそうよ。」

ひとみ先生《せんせい》は、そうもいった。

『人魚姫《にんぎょひめ》』『親指姫《おやゆびひめ》』『みにくいアヒルの子《こ》』『雪《ゆき》の女王《じょおう》』『マッチ売《う》りの少女《しょうじょ》』『はだかの王《おう》さま』……。

そういえば、アンデルセンのお話《はなし》って、ハッピーエンドの話《はなし》でも、どこかもの悲《がな》しい気《き》がする。アンデルセンって、自分自身《じぶんじしん》がさみしい人《ひと》だったのかな？

ほんとうに、アンデルセンは、なにを思《おも》いながら童話《どうわ》を書《か》いたんだろう……？

そんなことを考《かんが》えていたら、

「萌《もえ》ちゃん！」

ふいに名前《なまえ》をよばれて、われに返《かえ》った。

「あっ、大野《おおの》くん……。」

目《め》の前《まえ》に、二組《くみ》の大野《おおの》くんがいた。

大野《おおの》くんは、背負《せお》ったランドセルの肩《かた》ベルトを両手《りょうて》でつかんで、ニコニコと笑顔《えがお》でいる。

「大野《おおの》くん、どうしたの？」

「オレ、今日《きょう》もばあちゃんの病院《びょういん》へ行《い》くんだけど、萌《もえ》ちゃんも行《い》かない？」

「えっ？　祥子《しょうこ》さんのところ？」

「うん。いっしょに、どう？」

大野《おおの》くんは、笑顔《えがお》のままで、わたしにうなずいてみせる。

「『どう？』っていわれても……どうしよう……。」

わたしは、こまってしまった。

祥子《しょうこ》さんには、また会《あ》いたいと思《おも》う。でも、入院《にゅういん》している病室《びょうしつ》にまたおしかけていいものかどうか、わからない。

それに、大野《おおの》くんといっしょに病院《びょういん》へ行《い》く、というところもちょっと引《ひ》っかかる。

大野《おおの》くんと二人《ふたり》で、病院《びょういん》までなにか話《はな》しながら歩《ある》かなければいけないのは、気《き》づかれしそうだ。なにを話《はな》したらいいのかわからない。

となりで、雅《みやび》が「ふふっ。」と笑《わら》った。

「『いっしょに、どう？』なんて、デートのおさそいみたいね。」

「え、ええっ!?」

これには、びっくりだ。なんでわたしが、大野《おおの》くんとお見舞《みま》いデートをしなければいけないんだ？

「もう！　なんてことをいうの、雅《みやび》さんったら！」

大野《おおの》くんも、

「あ、いや、そういうわけでは……。」

なんていいながら、目《め》をきょときょとさせている。

ひとみ先生《せんせい》が、笑《わら》いながら大野《おおの》くんに声《こえ》をかけた。

「大野《おおの》くん、おばあさま、入院《にゅういん》なさってるの？」

大野《おおの》くんは、うなずく。

「はい。うち、ばあちゃんと両親《りょうしん》は仲《なか》がわるいし、それにかあさんは仕事《しごと》もいそがしいしね。かわりに、ぼくが病院《びょういん》へ行《い》ったりしないといけないもんで……。」

「そう。えらいねぇ。大野《おおの》くんのおとうさんは、ご執筆《しっぴつ》がいそがしいでしょうしね？」

「はい。でも、『書《か》いても、書《か》いても、売《う》れないんだ。』って、いつもいってる。」

大野《おおの》くんは、そんなことをいったあと、

「じゃあ、またね。」

と、片手《かたて》をふって、図書館《としょかん》から出《で》ていった。

わたしは、小《ちい》さくなって背中《せなか》にちょこんとのっかったような、大野《おおの》くんの黒《くろ》いランドセルを見送《みおく》った。

「ふうーっ。」

なんだか、ため息《いき》が出《で》てしまった。

「雅《みやび》さん。変《へん》なこといわないでよね。」

雅《みやび》は、ふんっ、と鼻《はな》で笑《わら》う。

「だって、大野《おおの》くんの目《め》、ハート形《がた》になってたわよ。」

「また、そんなこと、いってぇ。」

美少女《びしょうじょ》の雅《みやび》にならともかく、わたしにかぎって、そんなはずはないではないか。からかうようなことをいうなんて、めったにジョーダンもいわない雅《みやび》らしくもないと思《おも》った。

そんなことよりも、わたしには気《き》になることがあった。

「ひとみ先生《せんせい》。」

机《つくえ》にならべた本《ほん》のラベル貼《は》りにもどろうとしていた、ひとみ先生《せんせい》がふり返《かえ》る。

「さっき大野《おおの》くんにいっていた、おとうさんのご執筆《しっぴつ》って、どういうこと？」

ひとみ先生《せんせい》は、「あなたたち、知《し》らない？」とたずねてから、説明《せつめい》してくれた。

「大野《おおの》くんのおとうさん、作家《さっか》さんなのよ。書《か》いてるのは、おとなのハードボイルドっぽい探偵小説《たんていしょうせつ》なんかだし、学校《がっこう》の図書館《としょかん》にある本《ほん》ではないわね。さっき大野《おおの》くんが『売《う》れない。』っていってたみたいに、とても有名《ゆうめい》な作家《さっか》さんってわけではないんだけど……。」

そういいながら、ひとみ先生《せんせい》は、そばに開《ひら》いたままおいてあるパソコンのキーボードをたたく。

「大野吾郎《おおのごろう》っと……。」

それが、作家《さっか》である大野《おおの》くんのおとうさんの名前《なまえ》？　信介《しんすけ》さんも「吾郎《ごろう》さん。」とよんでいたし、ペンネームでなく、本名《ほんみょう》そのままなのかな？

「ほら、見《み》て。」

ひとみ先生《せんせい》が、パソコン画面上《がめんじょう》に表示《ひょうじ》された検索結果《けんさくけっか》を指《ゆび》さす。

パソコンのデスクトップには、〈大野吾郎《おおのごろう》、著作《ちょさく》〉と書《か》かれて、何冊《なんさつ》もの本《ほん》の画像《がぞう》がアップされていた。その中《なか》の最新刊《さいしんかん》を見《み》て、気《き》づいた。

「あっ、この本《ほん》。」

青《あお》い波《なみ》を描《えが》いた表紙《ひょうし》に見《み》おぼえがある。

「新刊《しんかん》の『海峡《かいきょう》の果《は》て』。萌《もえ》さん、知《し》ってるの？」

わたしは、うなずく。

「大野《おおの》くんのおばあさんが読《よ》んでいたから……。」

それは、病室《びょうしつ》で祥子《しょうこ》さんが読《よ》んでいた本《ほん》だ。大野《おおの》くんとわたしたちが行《い》ったとき、かくすようにして、掛《か》けぶとんの中《なか》にしまってしまったけれど。

「そう。大野《おおの》くんのおとうさんのご本《ほん》ですものね。おばあさんも、読《よ》んで応援《おうえん》してくださっているのね。」

（うん？　応援《おうえん》なのかな？）

祥子《しょうこ》さんは、本《ほん》をあわててかくすようにして、掛《か》けぶとんの中《なか》においたのだった。作家《さっか》としての大野《おおの》くんのおとうさんを、応援《おうえん》するために読《よ》んでいるのだとしたら、なにもかくす必要《ひつよう》はないだろう。

こっそりと読《よ》んでいるということは……？

大野《おおの》くんは、祥子《しょうこ》さんと大野《おおの》くんの両親《りょうしん》は仲《なか》がわるいっていっていた。信介《しんすけ》さんも、両親《りょうしん》の結婚《けっこん》になにか事情《じじょう》があるようなことをにおわせていた。

わからない。わからないけど、どういうことなんだろう……？

6 お見舞《みま》いは手作《てづく》りクッキー

朝日小学校《あさひしょうがっこう》の運動会《うんどうかい》は、十月《がつ》の第一日曜日《だいにちようび》。おかあさんはカレンダーのその日《ひ》にしるしをつけた。

しるしは、赤丸《あかまる》。去年《きょねん》の花丸《はなまる》じるしから、ちょっとランクダウンの、ただの赤丸《あかまる》？

赤《あか》いマジックをにぎるおかあさんが、ざんねんそうにいう。

「萌《もえ》は、今年《ことし》はリレーの選手《せんしゅ》じゃないんだって……。」

おかあさんの言《い》い方《かた》がいかにも不満《ふまん》げだったので、ちょっといじけそうになった。

土曜日《どようび》の夜《よる》の食卓《しょくたく》。わたしの前《まえ》には、照《て》り焼《や》きハンバーグにおはしをつきさす、おねえちゃんがいる。

下《した》を向《む》いたわたしを見《み》て、おねえちゃんが、ひとことといった。

「萌《もえ》、気《き》にしなくてもだいじょうぶだよ。去年《きょねん》みたいにリレーの選手《せんしゅ》になれたのが不《ふ》思議《しぎ》で、なにかのまちがいだったんだろうから……。」

（「なにかのまちがい」って、おねえちゃん、それぜんぜんフォローになってないぞ！）

「不思議《ふしぎ》とかじゃないもん。今年《ことし》だって、ジャンケンに負《ま》けて選手《せんしゅ》になれなかっただけだもん。」

わたしは、べつに、選手《せんしゅ》になんかなりたくないけどさ……。

わたしを見《み》て、ブーッと下《した》くちびるをつき出《だ》した。

おかあさんが取《と》りつくろうようにいう。

「そ、そうよね。萌《もえ》は、もうちょっとだったのよね。ただ、小学校最後《しょうがっこうさいご》の運動会《うんどうかい》だし、今年《ことし》も冴子《さえこ》さんといっしょにリレーの応援《おうえん》をしたかったのよねぇ。」

冴子《さえこ》さんというのは、宙《そら》のおかあさんのこと。わたしと宙《そら》より、わたしたちのおかあさん同士《どうし》のほうが仲《なか》がいいくらいなのだ。

「べつに、萌《もえ》が選手《せんしゅ》じゃなくても、いっしょに応援《おうえん》すればいいじゃないか。選手《せんしゅ》はクラスの代表《だいひょう》ってだけなんだから。」

そういってくれるのは、おとうさんだ。

「萌《もえ》。リレーにしても、徒競走《ときょうそう》にしても、そりゃあ速《はや》いに越《こ》したことはないんだろうけど……。」

おとうさんはにっこりして、わたしの頭《あたま》にポンッと手《て》をおいた。

「おとうさん、ときどき思《おも》うんだ。人間社会《にんげんしゃかい》って、なにかと人《ひと》と比《くら》べられてばかりだよな。まったく、せつなくなるくらいだ。そりゃあ、一番《ばん》がいちばんいいのだろうけど。でも、人《ひと》と比《くら》べて一番《ばん》の人《ひと》がいるということは、二番《ばん》の人《ひと》も、三番《ばん》の人《ひと》も、その他大勢《たおおぜい》の人《ひと》もいるってことだ。一番《ばん》になれないその他《た》の人《ひと》がいるおかげで、一番《ばん》になれる人《ひと》がいるんだ。一番《ばん》の人間《にんげん》は、そのことをわすれちゃいけない。そうじゃないか？」

そういいながらおとうさんは、おかあさんの手《て》から、赤《あか》いマジックを受《う》け取《と》った。

そして、カレンダーの赤丸《あかまる》の上《うえ》に、ひらひらを書《か》き足《た》して、運動会《うんどうかい》の日《ひ》を花丸《はなまる》にした。

「リレーの選手《せんしゅ》であろうがなかろうが、萌《もえ》は萌《もえ》。自分《じぶん》のいちばんの力《ちから》でがんばればいいんだ。萌《もえ》の小学校《しょうがっこう》最後《さいご》の運動会《うんどうかい》。おとうさんも楽《たの》しみにして行《い》くからな。」

おとうさんがそんなことをいってくれたことが、うれしかった。

「うん。おとうさん、ありがとう……。」

それ以上《いじょう》いったら泣《な》いてしまいそうで、わたしは、ごまかすように、サラダのレタスを大口《おおぐち》でわしわしほおばった。

「ワンッ。」

わたしもいるよとばかりに、足元《あしもと》でソラが鳴《な》いた。

あくる日《ひ》の日曜日《にちようび》、わたしは、祥子《しょうこ》さんのお見舞《みま》いに行《い》ってみようと思《おも》った。

調《しら》べると、日曜日《にちようび》は病院《びょういん》の面会時間《めんかいじかん》が長《なが》くなっていて、午前《ごぜん》と午後《ごご》、どちらもお見《み》舞《ま》いができるようだ。

「祥子《しょうこ》さんのお見舞《みま》い、なにを持《も》っていこうかな？」

お花《はな》？　それとも、お菓子《かし》？

なやんでみたものの、こまった。

財布《さいふ》をのぞいてみても、今月《こんげつ》のおこづかいはほとんど残《のこ》っていない。このまえ、楽《たの》しみにしていた児童文庫《じどうぶんこ》が発売《はつばい》になったので、走《はし》って本屋《ほんや》さんへ行《い》って、おこづかいを使《つか》ってしまった。

どうしよう？　これじゃ、なにもお見舞《みま》いのものが買《か》えない。

（しかたがないもん。おかあさんに相談《そうだん》しよう。）

二階《かい》のわたしの部屋《へや》から出《で》て、一階《かい》のリビングへ下《お》りていこうとした。

「ワンッ！」

もちろん、ソラもいっしょだ。

「ワンッ、ワンッ、ワンッ……。」

ソラは、ピョンピョン、飛《と》びはねるようにしてほえている。それも、なんだかうれしそうに……。

「ソラ、どうしたの？」

理由《りゆう》は、わたしにもすぐにわかった。

鼻先《はなさき》に甘《あま》ーい香《かお》りが流《なが》れてくる。わたしより鼻《はな》のいいソラのほうが、早《はや》くいい香《かお》りに気《き》づいたというわけだ。

「ワンッ！」

「なに、これ？　お菓子《かし》？　ケーキ？　クッキー？」

ダダダダダ……。

急《いそ》いで階段《かいだん》を下《お》りていった。もちろん、ソラもいっしょなのは、いうまでもない。

リビングとつづきのキッチン。

花柄《はながら》のエプロンをかけたおねえちゃんが、ミトンをはめた手《て》で、オーブンを開《あ》けている。

「なに？　おねえちゃん。なに、作《つく》ったの？」

おねえちゃんは、わたしの顔《かお》をちらっと見《み》ただけで、だまってオーブンから天《てん》パンを取《と》り出《だ》した。

「うわーっ！」

天《てん》パンから、さらに甘《あま》い香《かお》りが立《た》ち上《のぼ》る。

思《おも》わず、興奮《こうふん》の声《こえ》をあげた。

「クッキー？　クッキー、焼《や》いたの？」

オーブンから出《だ》したばかりの天《てん》パンには、色《いろ》よく焼《や》けたチョコとバニラのマーブルクッキーが、おぎょうぎよくならんでいる。

これから焼《や》かれようと、べつの天《てん》パンにならんでいるのは、アーモンドクッキーだ。

「おねえちゃん、すごい！　でも、クッキー作《つく》るんだったら、なんでいってくれないの？　わたしも、いっしょに作《つく》りたかったなあ！」

わたしのブーイングを、おねえちゃんは、鼻《はな》であしらう。

「ふん。そういうと思《おも》ったから、萌《もえ》にはいわなかったんだよ。」

「もう。なんでよぉ。おねえちゃんの、ケチンボ！」

「なんでもよ。ケチでけっこう！」

花壇《かだん》の水《みず》やりからもどってきたおかあさんが、わたしたちを笑《わら》った。

「萌《もえ》。萌《もえ》も作《つく》りたいんだったら、またおかあさんが教《おし》えてあげるから。」

「また、じゃなくて、今《いま》作《つく》りたかったぁ。」

と、すねるわたし。

「真理《まり》はね、今日《きょう》はお、、、友だち、、、と映画《えいが》を見《み》に行《い》くんだって。そのお、、、友だち、、、にあげるクッキーだから、自分一人《じぶんひとり》で作《つく》りたいんですってよ。」

おかあさんは、お友《とも》だちをちょっと強調《きょうちょう》するようにいった。

強調《きょうちょう》しなくても、それが亮介《りょうすけ》のおにいさんだということは、すぐにわかる。

おねえちゃんは、夕日丘学園中学校《ゆうひがおかがくえんちゅうがっこう》で亮介《りょうすけ》のおにいさんと同《おな》じクラスだ。

亮介《りょうすけ》のおにいさんは、友《とも》だちの少《すく》ないおねえちゃんの、唯一《ゆいいつ》かつ特別《とくべつ》なお、、、友だち、、、なんだと思《おも》う。

（おねえちゃんは、みとめないけどね……。）

「いいなぁ、おねえちゃん。いいなぁ、クッキー。いいなぁ、お友だち、お友だちと映画《えいが》。……わたしは、年上《としうえ》のお友《とも》だちのお見舞《みま》いに行《い》くんだぁ。わたしも、手作《てづく》りクッキー、お見舞《みま》いにしたかったなぁ……。」

わたしは、口《くち》から出《で》るままにそういいながら、なるほどそうだ、と自分《じぶん》で思《おも》った。お見舞《みま》いの品物《しなもの》を買《か》う余裕《よゆう》はないんだし、わたしもなにか手作《てづく》りすればよかったんだ。

（そうだ。そうすれば、いいんだ。）

一人《ひとり》で納得《なっとく》していたわたしを、おねえちゃんが横目《よこめ》で見《み》た。

「わかったわよ、萌《もえ》。クッキー、半分分《はんぶんわ》けてあげるから、これ持《も》ってお見舞《みま》いに行《い》っておいで。」

「ほんと？　いいの、おねえちゃん？」

わたしは、うれしくて、パチパチはくしゅした。

さっき、ケチンボっていったことは取《と》り消《け》します。

お友だちがだれかも、詮索《せんさく》しません（わかってるけど……）。

だから、ありがとう、おねえちゃん！


おねえちゃんが分《わ》けてくれたクッキーは、透明《とうめい》なプラスチックパックにならべて、ありあわせの赤《あか》いリボンをかけた。

昼食《ちゅうしょく》のあと、わたしはクッキーのパックを大事《だいじ》に胸《むね》にかかえて、祥子《しょうこ》さんの病室《びょうしつ》をたずねた。

エレベーターで病棟《びょうとう》の三階《がい》まで上《あ》がって、ろうかを歩《ある》き、祥子《しょうこ》さんの病室《びょうしつ》の引《ひ》き戸《ど》をノックしようとした。そのときだった。

「いやだったら、いやっ！　何度《なんど》もいわせないでちょうだいっ！」

そんな、さけぶような祥子《しょうこ》さんの声《こえ》が、耳《みみ》に飛《と》びこんできたのだ。

（えっ!?　これって、祥子《しょうこ》さんの声《こえ》なの？）

いつも祥子《しょうこ》さんのおだやかなやさしい声《こえ》しか聞《き》いたことがなかったわたしは、おどろいた。まるで、べつの人《ひと》の声《こえ》かと思《おも》った。

ノックしようとしていた手《て》が、かたまって止《と》まってしまった。

「おかあさんは、なんでそんなにガンコなの？　今《いま》、手術《しゅじゅつ》すれば治《なお》るって、お医者《いしゃ》さまもおっしゃってるのに。そうまでして、死《し》にたいわけっ？」

また聞《き》こえてきたのは、ヒステリックな、女《おんな》の人《ひと》の声《こえ》だった。たぶん、祥子《しょうこ》さんの娘《むすめ》さんで、大野《おおの》くんのおかあさんなのだろうと思《おも》った。

いい返《かえ》したのは、また祥子《しょうこ》さんの声《こえ》だ。

「そうよ。こんな娘《むすめ》の顔《かお》を見《み》なくてもすむ世界《せかい》に早《はや》く行《い》きたいの。向《む》こうで信介《しんすけ》さんがまってるわ。あんただって、こんな母親《ははおや》なんて、早《はや》くいなくなればいいって、そう思《おも》ってるんでしょ。」

「おかあさんったら……。そんなことをいうんなら、もう、わたしは知《し》らないわ。」

「そう。知《し》らないでけっこう。あとは優吾《ゆうご》がいてくれるから、あんたは、さあ、帰《かえ》った、帰《かえ》った。」

そういいはなった祥子《しょうこ》さんの声《こえ》のあと、病室《びょうしつ》の引《ひ》き戸《ど》が開《あ》いた。中《なか》から、紺色《こんいろ》のワンピースを着《き》た女《おんな》の人《ひと》が出《で》てきた。

セミロングの髪《かみ》を後《うし》ろで一つに束《たば》ねていて、うちのおかあさんと同《おな》じくらいの年《とし》に見《み》える。大野《おおの》くんのおかあさんにちがいない。

「あっ！」

声《こえ》をあげてわたしを見《み》た、大野《おおの》くんのおかあさんの目《め》には、今《いま》にもこぼれそうなほど涙《なみだ》がたまっていた。

「こんにちは。」

わたしがあいさつをすると、大野《おおの》くんのおかあさんも頭《あたま》を下《さ》げてくれた。

「こんにちは。優吾《ゆうご》のお友《とも》だちかしら？」

「はい。となりのクラスの、白石萌《しらいしもえ》といいます。祥子《しょうこ》さんとは、公園《こうえん》でお友《とも》だちにな

りました。」

「うちの母《はは》と？　そう、ありがとう。優吾《ゆうご》が、中《なか》にいるから……。」

大野《おおの》くんのおかあさんは、それだけをいうと、泣《な》きそうな顔《かお》をわたしにそむけるようにして、足早《あしばや》に去《さ》っていった。

病室《びょうしつ》に入《はい》っていいのかどうか、まよったけれども、ここまで来《き》たのだからと、思《おも》いきって引《ひ》き戸《ど》をノックした。

トン、トンッ。

「はい。どうぞ。」

大野《おおの》くんの声《こえ》が聞《き》こえたので、引《ひ》き戸《ど》をそっと開《あ》けた。

「こんにちは。」

「あっ、萌《もえ》ちゃん！　ばあちゃん、萌《もえ》ちゃんが来《き》てくれたよ。」

大野《おおの》くんの声《こえ》に、じっと窓《まど》の向《む》こうを見《み》ていた祥子《しょうこ》さんが、こちらに顔《かお》を向《む》けてきた。

「まあ、萌《もえ》ちゃん。また来《き》てくれたの？　うれしいわ。ありがとうね。」

それは、いつもどおりのやさしい祥子《しょうこ》さんの声《こえ》だった。さっき、わたしがろうかで聞《き》いてしまったのは、いったいだれの声《こえ》だったんだろうと思《おも》えるくらいのおだやかな声《こえ》。

「あのぅ。これ、なんにもお見舞《みま》いするものがなくて。手作《てづく》りのクッキーだから、あんまり見《み》かけは……。」

いいわけしながらさし出《だ》したクッキーのパックを、大野《おおの》くんが受《う》け取《と》った。

「すごーい。ばあちゃん、これ、萌《もえ》ちゃんが作《つく》ってくれたんだって。」

「あ、あの、作《つく》ったのは……。」

「うわぁ。おいしそう。すごいや。」

大野《おおの》くんに「すごい。」を連発《れんぱつ》されて、作《つく》ったのは自分《じぶん》じゃないって、いいそびれてしまった。

（うーん。またあとでいえば、それでいいか……。）

そう思《おも》って、大野《おおの》くんがすすめてくれた丸《まる》イスに腰《こし》を下《お》ろした。

大野《おおの》くんは、祥子《しょうこ》さんのために、さっそくクッキーのパックを開《あ》けてくれる。

「ありがとうね、萌《もえ》ちゃん。」

祥子《しょうこ》さんの細《ほそ》い指《ゆび》が、ゆっくりとマーブルクッキーをつまんで口《くち》にはこんだ。

「……ふぅ。なんて、おいしいこと。バターのいい風味《ふうみ》だわ。」

時間《じかん》をかけて味《あじ》わったあと、祥子《しょうこ》さんはゆったりとほほえんだ。

ほんとうは、おねえちゃんが作《つく》ったクッキーだ。ほめてもらって、わたしはいごこちがわるい。

「お薬《くすり》や手術《しゅじゅつ》よりも、よっぽどわたしの体《からだ》にいいわ。」

祥子《しょうこ》さんは、そんなことまでいう。

「ばあちゃんは、ほんとにガンコなんだからさ。こまったもんだ。」

大野《おおの》くんは、ため息《いき》まじりにいった。

「そんなこといってないで、優吾《ゆうご》も萌《もえ》ちゃんのクッキー、いただいてごらん。おばあちゃん、あんまりたくさんは食《た》べられないから。」

祥子《しょうこ》さんは、クッキーのパックを、ベッドのはしにすわっている大野《おおの》くんの前《まえ》においた。

「えっ？　萌《もえ》ちゃんのクッキー、オレも食《た》べていいの？　うわっ、ラッキー！」

大野《おおの》くんは、すぐにクッキーに手《て》をのばす。

マーブルクッキーとアーモンドクッキーを、二ついっしょに口《くち》に入《い》れた、大野《おおの》くん。

「うわぁ。ちょー、うめぇ！　うーん、幸《しあわ》せだぁ！」

うっとりと目《め》を細《ほそ》くして、両手《りょうて》を胸《むね》の前《まえ》で組《く》んだ。

(ごめんなさい。それ、おねえちゃんが……。)

わたしは、ますます、なにもいえなくなったのだった。

帰《かえ》るわたしを、大野《おおの》くんが送《おく》っていくといってきかない。

しかたがないので、病院《びょういん》からの帰《かえ》り道《みち》は、大野《おおの》くんといっしょに歩《ある》くことになった。

「あの、あのね、大野《おおの》くん。さっきのクッキーは、わたしじゃなくって……。」

ちゃんと説明《せつめい》しようとしたわたしにかぶって、大野《おおの》くんがいった。

「クッキー、ありがとうね、萌《もえ》ちゃん。すんごくおいしかったし、ばあちゃんもよろこんでたよ。」

「あ、だから、それはね……。」

「ばあちゃんったらさ、薬《くすり》とか手術《しゅじゅつ》よりも体《からだ》にいい、なんていっちゃってさ。」

わたしは、「あっ。」と思《おも》いだした。

さっき、祥子《しょうこ》さんが手術《しゅじゅつ》のことをいっていたし、そのまえにも大野《おおの》くんのおかあさんと、手術《しゅじゅつ》のことでいいあいになっていたようだったのだ。

「祥子《しょうこ》さんの手術《しゅじゅつ》って、どういうこと？　手術《しゅじゅつ》しないと治《なお》らないくらい、どこかわるいの？」

心配《しんぱい》になってたずねると、大野《おおの》くんは、ぽつりぽつりと話《はな》してくれた。

「ばあちゃんはさいしょ、夏《なつ》カゼをこじらせて、肺炎《はいえん》になって入院《にゅういん》したんだ。でも検《けん》査《さ》してみたら、肺《はい》に小《ちい》さなガンが見《み》つかったんだ。今《いま》ならまだ初期《しょき》の段階《だんかい》で、手術《しゅじゅつ》したらガンは取《と》りきれるだろうって、お医者《いしゃ》さんにいわれた。だから、少《すこ》し入院《にゅういん》して、体力《たいりょく》がもどったら、手術《しゅじゅつ》しましょうって。なのに、ばあちゃんは、『手術《しゅじゅつ》はしない。』ってごねるんだ。早《はや》くあの世《よ》に行《い》って、じいちゃんに会《あ》うんだ、なんていってる。」

「えぇっ。そうだったんだ……。」

そんな深刻《しんこく》な話《はなし》を聞《き》いて、なにもいえなくなった。

「ばあちゃん、もともとうちの両親《りょうしん》と仲《なか》がわるいし、だれのいうことも聞《き》かない。『信介《しんすけ》さんがいなくなったのに、生《い》きていてもしょうがない。』なんてことをいうんだ。」

「でも……でも、大野《おおの》くんのことはかわいがってくれてるでしょう？　大野《おおの》くんのいうことは聞《き》いてくれるんじゃないの？　『手術《しゅじゅつ》したらどう？』って。」

「うん……。でも、オレ、まだ子《こ》どもだし、オレなんかがいっても、説得力《せっとくりょく》ないみたいだ。」

「そうかぁ……。」

わたしは、考《かんが》えこんでしまった。

クッキーの製作者《せいさくしゃ》がだれかということは、やっぱりいえなかった……。

7 売《う》れない作家《さっか》

家《いえ》に帰《かえ》ると、玄関《げんかん》のドアを開《あ》けるまえから、ソラの声《こえ》が聞《き》こえる。

「ワン、ワン、ワン、ワン……。」

ソラには、外《そと》から帰《かえ》ってくる足音《あしおと》だけで、わたしだとわかるのだ。

どうやら、ドアの内側《うちがわ》でじっと耳《みみ》をすませて、わたしが帰《かえ》ってくるのをまっているらしい。ほんと、いじらしいったらない。

「ただいま、ソラ。」

ドアを開《あ》けると同時《どうじ》に、ソラがわたしに飛《と》びついてきた。

「ワン、ワン、ワン、ワン……。」

だきとめると、こんどは顔《かお》をベロンベロンのなめまわし攻撃《こうげき》。まるで、わたしをおいてどこへ行《い》ってた、と抗議《こうぎ》の声《こえ》をあげんばかりだ。

「ソラ、ごめん、ごめん。だって、病院《びょういん》へはイヌはつれていけないんだよ。」

そういっても、ソラはなめまわし攻撃《こうげき》をやめない。ソラは、自分《じぶん》のことをイヌだと思《おも》っていないのかもしれない。

ソラをだいたまま、リビングに入《はい》る。

「おかえり。」

「あれっ？　おねえちゃん。」

ソファーにすわっていたおねえちゃんが、ブスッとした顔《かお》のまま、わたしに「おかえり。」をいった。

「おねえちゃん、お、お、お友だちと映画《えいが》を見《み》に行《い》ったんじゃなかったの？」

「…………」

おねえちゃんは、返事《へんじ》をしない。だって、映画《えいが》を見《み》てきたにしては、帰《かえ》りが早《はや》すぎる。

キッチンにいたおかあさんが、カウンターの向《む》こうから顔《かお》をのぞかせる。

「萌《もえ》、そっとしときなさい。おねえちゃん、お友だちとケンカして帰《かえ》ってきたらしいから。」

そういったおかあさんに、おねえちゃんがするどい声《こえ》を飛《と》ばした。

「おかあさんっ！」

「はい、はい。よけいなことはいいません。」

おかあさんは、ペロッと小《ちい》さく舌《した》を出《だ》した。

（ケンカ？　めずらしいこと。）

おねえちゃんと亮介《りょうすけ》のおにいさんは、ほんとにすごく仲《なか》がいいように見《み》える。

それに、亮介《りょうすけ》のおにいさんの前《まえ》では、別人《べつじん》のようにかわいくなるおねえちゃんなのに。

もしかしたら、おねえちゃんの無愛想《ぶあいそう》でつっけんどんな地《じ》が出《で》てしまって、ケンカになったとか……？

おねえちゃんが、わたしの顔《かお》をちらりと見《み》た。

「だって、見《み》たい映画《えいが》で意見《いけん》の食《く》いちがいが出《で》たけど、わたしだってどうしてもゆずれないと思《おも》ったんだもの……。」

そういって、くちびるをかむ、おねえちゃん。

「へえ。で、おねえちゃんはなんの映画《えいが》が見《み》たかったわけ？」

「〈死霊《しりょう》の家《いえ》〉。」

（うわっ！　デートでそれはないでしょ。）

「それで、亮介《りょうすけ》くんのおにいさんは、なんて？」

「酒井《さかい》くん、ホラーは苦手《にがて》なんだって。」

おねえちゃんったら、わたしが「友《とも》だち」じゃなく「亮介《りょうすけ》くんのおにいさん」といってしまったのに、気《き》づかずに返事《へんじ》をした。

すると、テーブルに腰《こし》かけて新聞《しんぶん》を読《よ》んでいた、おとうさんの眉毛《まゆげ》がぴくっと動《うご》いた。きっと、おねえちゃんが男子《だんし》と映画《えいが》に行《い》ったのがわかって、「なにぃ？」と思《おも》ったのだろう。

おかあさんが、意味《いみ》ありげにわたしに目《め》くばせをした。

おねえちゃんは、それにも気《き》づいていない。

「せっかく、クッキーまで作《つく》ってあげたのに……。腹《はら》が立《た》ったから、クッキーをおしつけて、帰《かえ》ってきてやった。」

そういって、むくれ顔《がお》になるおねえちゃんだった。

おとうさんが、そっと新聞《しんぶん》をずらして、おねえちゃんの顔《かお》をのぞき見《み》ている。

「あのさ、真理《まり》。映画《えいが》にいっしょに行《い》った友《とも》だちって……？」

おそるおそるって感《かん》じでたずねかけた、おとうさん。

それなのにおねえちゃんは、「もうっ！」と、おとうさんをさえぎって立《た》ち上《あ》がった。

「おとうさんまで『映画《えいが》にいっしょに行《い》った』って？　だから、映画《えいが》は行《い》ってないのっ！　見《み》ずに帰《かえ》ってきたっていってるでしょっ！」

（いや、あの、おねえちゃん？　おとうさんが気《き》にしてるのは、そういうことじゃなくって……。どんな友《とも》だちかってことだってば……。）

おねえちゃんは、そのままずんずん歩《ある》いて、二階《かい》へ上《あ》がっていこうとしている。

おとうさんは、ぽかんとした顔《かお》だ。

階段《かいだん》の一段目《だんめ》に足《あし》をかけたおねえちゃんが、ふいにふり返《かえ》った。

「萌《もえ》っ！」

「あ、は、はいっ！」

「あんたね、ソラは、ずっと萌《もえ》をまってたんだからね。さっさと散歩《さんぽ》につれていってやんなさい！」

「は、はいっ！」

おねえちゃんは、ケンカして帰《かえ》ってきておこっているはずなのに、ソラのことまで気《き》にしてくれている。

（でも、あのきつい言《い》い方《かた》はないよね。）

ほんと、やさしいんだか、やさしくないんだか、よくわからない人《ひと》だ。

「そうだね、ソラ。散歩《さんぽ》に行《い》こうか？」

おねえちゃんの怒《いか》りのとばっちりを受《う》けないうちに、わたしはソラと出《で》かけることにした。

「散歩《さんぽ》」と聞《き》いたソラは、もうさっそくドアの前《まえ》まで走《はし》っていって、「早《はや》く早《はや》く。」というようにぐるぐるまわっている。

わたしといっしょに散歩《さんぽ》に行《い》くというだけでこれだけよろこべるのは、ソラくらいなもんだ。

散歩《さんぽ》コースをまわって、公園《こうえん》に着《つ》いた。

植《う》えこみにそった遊歩道《ゆうほどう》を歩《ある》き、ベンチのところまでやってきて気《き》づいた。

「信介《しんすけ》さん。」

ぽつんとベンチに腰《こし》かけた信介《しんすけ》さんがいた。

よかった。会《あ》いたいと思《おも》っていたのだ。

病院《びょういん》で祥子《しょうこ》さんにつきそっているものとばかり思《おも》っていた信介《しんすけ》さんのすがたは、病室《びょうしつ》では見《み》られなかった。

ソラも信介《しんすけ》さんに気《き》づいて、そばへ行《い》こうと、リードを引《ひ》っぱった。

「ワンッ。」

ソラは、もう信介《しんすけ》さんのひざに飛《と》びついている。信介《しんすけ》さんのすがたが見《み》えないほかの人《ひと》からすれば、ソラがただベンチに飛《と》びついているように見《み》えるだろう。

公園《こうえん》を見《み》まわしてみても、そんなソラを見《み》とがめている人《ひと》はいないようだ。

信介《しんすけ》さんは、ソラの頭《あたま》をなでている。

「信介《しんすけ》さん。ここにいたの？　祥子《しょうこ》さんのそばについてるんだと思《おも》っていたのに。」

ベンチからわたしを見上《みあ》げた信介《しんすけ》さんが、「すわっていいよ。」というように、自分《じぶん》のとなりを手《て》でトンッとした。

わたしは、そこに腰《こし》かける。

「わたし、祥子《しょうこ》さんのお見舞《みま》いに行《い》ったのよ。信介《しんすけ》さんはいなかったけど。」

信介《しんすけ》さんは、ちょっとこまったような笑《え》みをうかべた。

「祥子《しょうこ》さん、ぼくのことに気《き》づきそうなんだよ。」

「大野《おおの》くんもいってたけど、それ、どういうこと？　祥子《しょうこ》さんには、信介《しんすけ》さんが見《み》えるってこと？　それは、祥子《しょうこ》さんの病気《びょうき》が重《おも》いってことなの？」

信介《しんすけ》さんは、わたしの疑問《ぎもん》に、小《ち》さくうなずいた。

「今《いま》のままならね。今《いま》のまま、手術《しゅじゅつ》もなにもしないでしぜんにまかせていれば、祥子《しょうこ》さんは遠《とお》からず死《し》に近《ちか》づくことになるだろう。だから、今《いま》はぼんやりでも、そのうちもっとはっきりと、ぼくのことが見《み》えるようになってくるだろう。」

（やっぱり……。）

すごく死《し》に近《ちか》い人《ひと》には見えてしまうって、ほんとうのことだったんだ。

「でも、祥子《しょうこ》さん、手術《しゅじゅつ》すれば治《なお》るんでしょ？　もう少《すこ》し元気《げんき》になれば、手術《しゅじゅつ》ができるんでしょう？」

信介《しんすけ》さんは、こまった表情《ひょうじょう》のままで、首《くび》をかしげる。

「祥子《しょうこ》さん本人《ほんにん》に、生《い》きようという意志《いし》があればな。けれど今《いま》に、手術《しゅじゅつ》を拒否《きょひ》して、早《はや》くぼくのところへ来《こ》ようとしている……。自分《じぶん》の寿命《じゅみょう》は自分《じぶん》で決《き》めるんだ、なんていって……。」

「そんな……。」

わたしは、なんといえばいいのか、考《かんが》えこんでしまった。

信介《しんすけ》さんと祥子《しょうこ》さんは、信介《しんすけ》さんが亡《な》くなったことで引《ひ》きさかれてしまった。それでも、おたがいをずっと思《おも》いつづけている。

祥子《しょうこ》さんも亡《な》くなれば、信介《しんすけ》さんのそばに行《い》ける？

二人《ふたり》はずっといっしょにいられる？

でも、それでいいのだろうか？　ほんとに、それでいいのだろうか……？

ほんとはもっと長生《ながい》きできるはずなのに、みすみす自分《じぶん》で命《いのち》の期限《きげん》をちぢめるようなことをしても、それでいいのだろうか……？

「だめだよ、信介《しんすけ》さん！　だめっ！」

思《おも》わずさけんで、ソラまで、立《た》ち上《あ》がってしまった。

信介《しんすけ》さんと、大野《おおの》くんのおかあさん、おどろいて目《め》を丸《まる》くしている。

「だって、祥子《しょうこ》さんに生《い》きてほしくて、泣《な》いてたよ。それって、祥子《しょうこ》さんのことが好《す》きだから、祥子《しょうこ》さんに生《い》きていてほしい。どうにか、どうにかならないの？」

一人《ひとり》で熱《あつ》くなったわたし。

気《き》がつくと、遊歩道《ゆうほどう》をジョギングしてきたおじさんが、不思議《ふしぎ》そうにわたしを見《み》ている。

とうぜんながら、おじさんには信介《しんすけ》さんが見《み》えない。

（ありゃあ……。）

ほかにだれもいないのに、イヌをつれて、一人《ひとり》で熱《あつ》く語《かた》る女《おんな》の子《こ》。そりゃあ、不思《ふし》議《ぎ》だろう、とわたしも思《おも》う。

「コホンッ。」

ごまかすようにせきばらいをして、またベンチに腰《こし》を下《お》ろした。

ジョギングのおじさんは、ちょっと首《くび》をかしげてから、また走《はし》っていった。

わたしは、おじさんが遠《とお》くに行《い》ったのを見《み》とどけて、少《すこ》し声《こえ》を小《ちい》さくして、信介《しんすけ》さんにいった。

「信介《しんすけ》さん、きいてもいい？　大野《おおの》くんも、祥子《しょうこ》さんと大野《おおの》くんの両親《りょうしん》とが仲《なか》がわるいっていってたけれど、そもそも、なんで祥子《しょうこ》さんは二人《ふたり》の結婚《けっこん》に反対《はんたい》したの？」

そうだ。わたしはそれが知《し》りたい。

「萌《もえ》ちゃんは、ほんとにまっすぐな子《こ》だね。」

信介《しんすけ》さんは、わたしの顔《かお》を見《み》て笑《え》みをうかべた。

「それは、吾郎《ごろう》さん、優吾《ゆうご》の父親《ちちおや》が、売《う》れない作家《さっか》だからだよ。」

「売《う》れない作家《さっか》というのは、書《か》いた本《ほん》が売《う》れないってこと？」

「ああ。書《か》いても、その本《ほん》が売《う》れなければ、あんまりお金《かね》にはならなくて、生活《せいかつ》できないからね。そもそも売《う》れないとわかっている作品《さくひん》は、出版《しゅっぱん》してもらえない。売《う》れない作家《さっか》と結婚《けっこん》するという苦労《くろう》が、祥子《しょうこ》さんには身《み》にしみてわかっていたから、だから結婚《けっこん》に反対《はんたい》したんだよ。」

「身《み》にしみて？」

「じつは、祥子《しょうこ》さんには、ぼくと結婚《けっこん》するまえに、好《す》きな人《ひと》がいたんだ。その人《ひと》が、売《う》れない小説《しょうせつ》ばかり書《か》いていた作家《さっか》でね。けっきょく、ケンカ別《わか》れみたいになって、そのあとでぼくと知《し》りあったんだ。だから、売《う》れない作家《さっか》と結婚《けっこん》するという娘《むすめ》に反対《はんたい》してね。娘《むすめ》と祥子《しょうこ》さんのあいだは、こじれたままなんだ。」

「売《う》れない作家《さっか》……。」

そうなのか……。わたしは今《いま》まで、本《ほん》が売《う》れるとか売《う》れないとか、そんなことをあまり考《かんが》えたことがなかった。

わたしは、本《ほん》が好《す》き。その本《ほん》を書《か》くことを職業《しょくぎょう》にしているなんて、すごいと思《おも》っていた。

作家《さっか》と聞《き》いただけで、尊敬《そんけい》とあこがれの気持《きも》ちを持《も》っていた。

（そうか。本《ほん》も売《う》れなければ仕事《しごと》にはならないし、生活《せいかつ》できないなんて……、きびしい……。）

「でも、いいの？　信介《しんすけ》さん。このまま、祥子《しょうこ》さんと大野《おおの》くんのおかあさんがケンカしたままで、祥子《しょうこ》さんが亡《な》くなってしまって、それでいいの？」

「いいや。仲《なか》たがいしたままなんて、けっしていいとは思《おも》わない。ぼくは、祥子《しょうこ》さんに、できるだけ元気《げんき》で長《なが》く生《い》きてほしいと思《おも》っている。」

それと、わたしは気《き》づいてしまった。

もし、祥子《しょうこ》さんが亡《な》くなって、信介《しんすけ》さんのそばへ行《い》ったらどうなるか？

今《いま》、信介《しんすけ》さんは、祥子《しょうこ》さんを見守《みまも》る目的《もくてき》で、この世《よ》にとどまっている。

だったら、その見守《みまも》る目的《もくてき》がなくなれば、信介《しんすけ》さんはどうなる？

それは、二人《ふたり》ともがこの世《よ》からいなくなってしまうということだ。わたしは、信介《しんすけ》さんにも祥子《しょうこ》さんにも会《あ》えなくなってしまう。

（いやだ。そんなの、さみしすぎる。）

「わたし、二人《ふたり》に会《あ》えなくなるの、いやだ。自分勝手《じぶんかって》かもしれないけど、そのためにも祥子《しょうこ》さんには生《い》きてほしい。考《かんが》える。わたし、どうしたらいいか、考《かんが》える。」

ぎゅっとにぎりしめた手《て》に力《ちから》をこめて、わたしはそういった。

ベンチの前《まえ》でちょこんとおすわりをしているソラは、なにをいってるんだろう、という顔《かお》で首《くび》をかしげてわたしを見《み》ている。

信介《しんすけ》さんは、わたしに大《おお》きくうなずいてみせてから、ソラの頭《あたま》をなでてくれた。

信介《しんすけ》さんと別《わか》れて、家《いえ》に帰《かえ》ってきたわたし。

帰《かえ》るとちゅうでも、ずっと考《かんが》えていた。

どうすればいいんだろう？

祥子《しょうこ》さんたちにとって、なにがいちばんいいんだろう？

こんなわたしに、いったいなにができるんだろう？

考《かんが》えごとをすると動《うご》きが止《と》まってしまうというういつものクセで、もどかしがるソラにぐいぐいとリードを引《ひ》っぱられながら、それでも考《かんが》えた。

家《いえ》に着《つ》いたときには、もう夕食《ゆうしょく》まえだった。

洗面所《せんめんじょ》でソラの足《あし》を洗《あら》って、リビングへ行《い》くと、おかあさんとおとうさんが、仲《なか》よく夕食《ゆうしょく》の準備《じゅんび》をしていた。めずらしいことだ。

「見《み》て、見《み》て、萌《もえ》。おとうさんが手伝《てつだ》ってくれてるの。」

おかあさんの声《こえ》が、うれしそうにはずんでいる。

おとうさんは、日曜日《にちようび》といっても、休日出勤《きゅうじつしゅっきん》やゴルフで出《で》かけることが多《おお》い。夕食《ゆうしょく》の支度《したく》まで手伝《てつだ》っているおとうさんを見《み》たことなんて、数《かぞ》えるほどしかない。

「おとうさん、すごーい。今日《きょう》はどうしたの？」

おかあさんが、もっとほめてあげてとばかりに、わたしに目《め》くばせする。

おとうさんは、苦笑《にがわら》いをうかべている。

「それで、今日《きょう》のメニューはなーに？」

「いわずと知《し》れた、ギョーザだよ。」

と、おとうさん。

ほんとだ。おとうさんとおかあさんは、二人《ふたり》してギョーザの皮包《かわづつ》みをしていたのだった。

大皿《おおざら》に三日月形《みかづきがた》のギョーザがずらりとならべられている。

「うわぁ。たくさんつつんだねぇ。わたしも、手伝《てつだ》う。それで、おねえちゃんは？」

「さあ、さっき二階《かい》へ上《あ》がったまま、下《お》りてきてないけれど。お、お、お友だちとケンカしたから、ふて寝《ね》でもしてるんじゃないの？」

そういって、おかあさんは階段《かいだん》のほうを見上《みあ》げる。おとうさんも、おかあさんのことばに反応《はんのう》するように、同《おな》じ方向《ほうこう》を見《み》た。

「どうせなら、おねえちゃんもよんで、家族《かぞく》みんなでギョーザ作《づく》りしようよ。わたし、おねえちゃんを見《み》てくる。」

わたしは、階段《かいだん》を上《あ》がっていった。ソラがはねながらついてくるのは、とうぜんのことだ。

トン、トン。

おねえちゃんの部屋《へや》のドアをノックする。中《なか》からの返事《へんじ》は、「開《あ》いてるよ。」だった。

ドアを開《あ》けると、わたしよりも早《はや》く部屋《へや》に入《はい》るのは、いつもソラだ。

ふて寝《ね》しているのかと思《おも》ったおねえちゃんは、机《つくえ》にすわって勉強《べんきょう》していたみたいだった。

「まーた、ソラが来《き》たなぁ。」

そういいながらも、回転《かいてん》イスをくるりとまわしたおねえちゃんは、自分《じぶん》のひざの上《うえ》にソラをだきあげる。

「おねえちゃん。おとうさんが、おかあさんといっしょにギョーザ作《つく》ってるよ。」

「知《し》ってるよ。」

おねえちゃんは、あっさりという。

「なんだ、知《し》ってたの。だったら、家族《かぞく》みんなでいっしょに作《つく》ろうよ。」

おねえちゃんは、「いいの、いいの。」といいながら、ソラの背中《せなか》をなでている。

「せっかく、夫婦仲《ふうふなか》よくギョーザ作《つく》ってるんだから、二人《ふたり》にしといてあげればそ? そのほうがいいんだって。」

なんてこともいう、おねえちゃんだ。

「えーっ? そんなもんなの?」

「そう。そんなもん、そんなもん。」

そのとき、机《つくえ》の上《うえ》においてあった、おねえちゃんのスマホの着《ちゃく》メロが鳴《な》った。

おねえちゃんは、急《いそ》いで通話《つうわ》ボタンをおしてスマホを耳《みみ》にあてる。

「もしもし、真理《まり》だけど……。」

おねえちゃんは、スマホを持《も》っていないほうの手《て》で、ソラを床《ゆか》に下《お》ろした。

不満《ふまん》そうな目《め》で、わたしを見上《みあ》げるソラ。

「……いいわよ。べつに、おこってなんかないもん。……うん、うん。」

おねえちゃんの声《こえ》は、ちょっとトーンが上《あ》がって、かわいい感《かん》じに聞《き》こえる。

そしておねえちゃんは、スマホで会話《かいわ》をしながら、わたしとソラに、「シッシッ。」と追《お》いはらうような仕草《しぐさ》で手《て》をふる。

（わかりましたよ。どうせ電話《でんわ》の相手《あいて》は、亮介《りょうすけ》くんのおにいさんなんでしょ？）

わたしは、ソラをだいて、おねえちゃんの部屋《へや》から退散《たいさん》した。

キッチンでは、おとうさんとおかあさんが、仲《なか》よくなにか話《はな》しながら、ギョーザ作《づく》りをつづけていた。

あとでおかあさんから聞《き》いたところによると、おとうさんは、おねえちゃんといっしょに映画館《えいがかん》へ行《い》った男子《だんし》の情報《じょうほう》をおかあさんから聞《き》きだすのに余念《よねん》がなく、しばしば、ギョーザ作《づく》りの手《て》が止《と》まっていたらしいのだけれど……。

8 愛《あい》の形《かたち》？

「萌《もえ》ちゃーん!!」

ぎょっとした。

こんなに大《おお》きな声《こえ》で自分《じぶん》の名前《なまえ》をよばれたのは、初《はじ》めてだ。

月曜日《げつようび》の朝《あさ》、六年《ねん》一組《くみ》の教室《きょうしつ》の前《まえ》。

満面《まんめん》の笑《え》みをたたえた大野《おおの》くんが、こちらに向《む》かって大《おお》きく両手《りょうて》をふっている。

まるで、登校《とうこう》してくるわたしをまちかまえていたみたいだ。

（えっ!?　ええっ!?　いったい、なにごと？）

びっくりして、身《み》がまえたわたし。ろうかでかたまってしまった。

「お、大野《おおの》くん。いったい、なにごと？」

「きのうのこと、いちばんにお礼《れい》がいいたくってさあ。」

大野《おおの》くんは、さらにうれしそうに笑《わら》う。

（もう。だからって、ここまでおおげさにまちかまえなくてもいいぞ。）

わかった。大野《おおの》くんの「なんかずれてる感《かん》じ」って、こんなところだ、きっと。なんだか、ちょっとそれはちがうんじゃない、ってとこ？

ろうかにいたほかの人《ひと》たちも、なにごとかと興味津々《きょうみしんしん》の顔《かお》で、大野《おおの》くんとわたしを見比《みくら》べている。

亮介《りょうすけ》なんて、わざわざ一組《くみ》の教室《きょうしつ》から飛《と》び出《だ》してきたではないか。

「なに？　なに、なに？『きのうのこと』って、なに？」

亮介《りょうすけ》は、目《め》をキラキラさせて、大野《おおの》くんにすりよる。

（あっ。宙《そら》くんまで教室《きょうしつ》から出《で》てきてしまった。）

大野《おおの》くんが、宙《そら》をちらっと横目《よこめ》で見《み》た。

「きみらも、きのうのこと、知《し》りたい？　知《し》りたいの？　しかたがないなぁ。」

大野《おおの》くんは、なんだかもったいをつける。

「じつはさぁ、きのう、萌《もえ》ちゃんがさぁ、手作《てづく》りのクッキーを持《も》って、ばあちゃんのお見舞《みま》いに来《き》てくれたんだよぉ。」

大野《おおの》くんは、うっとりとした顔《かお》だ。

「ええっ？　萌《もえ》ちゃんの手作《てづく》りクッキー？」と、目《め》を丸《まる》くする亮介《りょうすけ》。

（やっぱり、それ？　なんで、そう、手作《てづく》りクッキーにこだわるかなぁ？）

「あ、あの、だから、クッキーを作《つく》ったのは……。」

「いいなあ。萌《もえ》ちゃんのクッキー、ぼくも食《た》べたーい。」

ここで、クッキーを作《つく》ったのはわたしじゃない、といっておこうとしたのに、亮介《りょうすけ》にジャマされて、またもやいえなかった。

「聞《き》いたか、宙《そら》？　萌《もえ》ちゃんの手作《てづく》りクッキーだってさ。」

亮介《りょうすけ》は、宙《そら》のほうをふり返《かえ》って、わざわざいった。

（だから、ちがうってば！）

どうやって誤解《ごかい》をとこうかと、わたしはおたおたしてしまった。

「あ、それは、あの、あのね……。」

すると、宙《そら》は、

「ふんっ。いいんじゃないか。」

鼻先《はなさき》であしらうようにいって、くるっと教室《きょうしつ》へもどっていってしまった。

「そうだぞ。いいだろう？」

大野《おおの》くんは、とくいそうにいって、亮介《りょうすけ》に肩《かた》をそびやかしてみせる。

「ふんっ。」「ふんっ。」

そして、顔《かお》をそむけあう、亮介《りょうすけ》と大野《おおの》くん。

（ほんと、なんでこうなるんだ？）

わたしは、大野《おおの》くんのT《ティー》シャツのはしを引《ひ》っぱった。

手作《てづく》りクッキーなんて、もうどうでもいいや。わたしには、祥子《しょうこ》さんのことのほうが気《き》がかりだ。

「大野《おおの》くん、今日《きょう》のお昼休《ひるやす》みに、図書館《としょかん》へ来《き》てくれない？　祥子《しょうこ》さんのことで話《はな》したいことがあるの。」

「う、うんっ。うんっ。」

大野《おおの》くんは、目《め》じりを下《さ》げた笑顔《えがお》で、大《おお》きくうなずいてから、二組《くみ》の教室《きょうしつ》に帰《かえ》っていった。

亮介《りょうすけ》が、じっとこちらを見《み》ているけれど、知《し》らん顔《かお》してわたしも自分《じぶん》の教室《きょうしつ》に入《はい》った。

「おはよう。」

いつもだったら、たいてい早《はや》く来《き》ている奈津《なつ》が、すぐにわたしによってきてくれるのに……？

(えっ？　こっちは、こっちで、なに？)

教室《きょうしつ》の後《うし》ろのほうで、にらみあう感《かん》じで立《た》っている女子《じょし》三人《にん》。奈津《なつ》と結衣《ゆい》と雅《みやび》だった。

「……だから、昼休《ひるやす》みは、いやよ。図書館《としょかん》へ行《い》きたいもの。今日《きょう》は、とくに図書当番《としょとうばん》だし。」

憮然《ぶぜん》とした顔《かお》の雅《みやび》が、そういった。

「だったら、いつだったらいいのよ。」

つめよるようにいう、結衣《ゆい》。

雅《みやび》は、すっと目《め》を横《よこ》にそらせていった。

「いつでも、いやよ。リレーの練習《れんしゅう》なんて。」

(えっ？　リレーの練習《れんしゅう》？)

クラスのほかのみんなは、三人《にん》をちらちら見《み》ながらも、それぞれ自分《じぶん》の用事《ようじ》をしたり、ランドセルの中身《なかみ》を机《つくえ》にうつしたりしている。

宙《そら》は、窓際後《まどぎわうし》ろの自分《じぶん》の席《せき》にどっかりと横《よこ》ずわりしていた。こんなときでも、ひとりでに宙《そら》を目《め》でさがしている自分《じぶん》に気《き》づき、ちょっとうろたえた。

わたしは、奈津《なつ》に近《ちか》づいていき、声《こえ》をかけた。

「奈《な》っちゃん、なにしてるの？」

「あ、萌《もえ》ちゃん。あのさ、結衣《ゆい》が『昼休《ひるやす》みにバトンリレーの練習《れんしゅう》をしよう。』っていいだして……。」

結衣《ゆい》が、雅《みやび》をにらんでいた目《め》を、わたしに向《む》ける。

「そうよ。今年《ことし》は二組《くみ》に勝《か》ちたいもの。だから、昼休《ひるやす》みにリレーの選手《せんしゅ》たちで練習《れんしゅう》しようっていってるのに、雅《みやび》さんだけが、『いや。』っていうの。そんなんじゃ、チームワークがとれないよ。」

ちらりと結衣《ゆい》を見《み》た雅《みやび》が、ふんっ、と鼻《はな》で笑《わら》った。

「チームワーク？　リレーでもチームワークっているの？　自分《じぶん》が速《はや》く走《はし》れば、それでいいじゃない。」

結衣《ゆい》もまた負《ま》けてはいない。

「リレーはね、けっして個人《こじん》プレーじゃないわ。バトンの受《う》け渡《わた》しが大事《だいじ》なんだから。ねえ、宙《そら》くんも、そう思《おも》うでしょ？」

急《きゅう》に話《はなし》をふられて、宙《そら》は「はぁ？」という顔《かお》をする。

「オレは、どっちでもいいけど。ただ、二組《くみ》には負《ま》けたくねぇな。」

そこで大《おお》きな声《こえ》をあげたのは、わたしのあとで教室《きょうしつ》に入《はい》ってきた亮介《りょうすけ》だった。

「そーなんです。ぜったいに負《ま》けられない試合《しあい》が、そこにあるんです。とくに、大野《おおの》くんにだけは負《ま》けたくないんです！」

「うるさいぞ、亮介《りょうすけ》。サッカーじゃねーぞ。」と、宙《そら》。

「亮介《りょうすけ》は、だまっときな。」と、奈津《なつ》。

すました顔《かお》の亮介《りょうすけ》は、〈お口《くち》チャック〉のポーズで口《くち》をなぞる。

雅《みやび》は、「はあ。」と、ため息《いき》まじりにいった。

「だからぁ、昼休《ひるやす》みは図書当番《としょとうばん》だって、いってるでしょ。」

そこで、わたしはつい口《くち》を出《だ》してしまう。

「図書当番《としょとうばん》だったら、わたしだけでもだいじょうぶよ。ひとみ先生《せんせい》も、五年生《ねんせい》の当番《とうばん》さんもいるわけだし。」

それを聞《き》いて、結衣《ゆい》が手《て》をたたいた。

「ありがと、萌《もえ》ちゃん。そしたら、昼休《ひるやす》みにみんなで練習《れんしゅう》ができるね。」

うなずいたわたしは、雅《みやび》に「チッ。」と横目《よこめ》でにらまれてしまった。


今日《きょう》みたいな日《ひ》にかぎって、給食《きゅうしょく》のメニューは、カレーうどんだった。

早《はや》く食《た》べて図書館《としょかん》へ行《い》きたいけど、カレーうどんは大好《だいす》きなメニューの一つだ。ほんとうは、ゆっくりと味《あじ》わって食《た》べたい。

（ああ、ほんと、おいしいのに……。）

急《いそ》いでカレーうどんを口《くち》にはこびつつ、せめて神経《しんけい》を味覚《みかく》にだけ集中《しゅうちゅう》させようとしたときだ。

「雅《みやび》さんっ！」

結衣《ゆい》のするどい声《こえ》が聞《き》こえた。

「雅《みやび》さん、わざとゆっくりと食《た》べているんじゃないっ？　練習《れんしゅう》がいやだからでしょっ？」

（えっ!?　なに？）

わたしをふくめ、クラスじゅうの視線《しせん》が雅《みやび》と結衣《ゆい》に集《あつ》まった。

前《まえ》の机《つくえ》にすわっている坂口先生《さかぐちせんせい》が、「うん？」と、顔《かお》を上《あ》げた。

「どうした、結衣《ゆい》？　『昼休《ひるやす》みに選手《せんしゅ》たちでバトンリレーの練習《れんしゅう》をします。』っていうのは聞《き》いたけど、それと雅《みやび》の給食《きゅうしょく》とは、どういう関係《かんけい》があるんだ？」

結衣《ゆい》は立《た》ち上《あ》がると、もうほとんど食《た》べ終《お》えた給食《きゅうしょく》のトレイを、さっさとかたづけはじめる。

「雅《みやび》さんは、リレーの練習《れんしゅう》をするのがいやなもんだから、時間《じかん》かせぎに、わざとゆっくりと食《た》べているんです。」

それに対《たい》して雅《みやび》は、「はあっ？」と、あきれたような声《こえ》を出《だ》した。

「時間《じかん》かせぎって、そんなせこいことなんかしないわよ。ネコ舌《じた》だから、熱々《あつあつ》のカレーうどんは苦手《にがて》なだけよ。それに、カレーの汁《しる》を飛《と》ばして、服《ふく》を汚《よご》したくないし。」

「なに、それ？『わたしは、おじょうさまだから。』って、いいたいわけ？」

にらみあう結衣《ゆい》と雅《みやび》のあいだで、バチバチと火花《ひばな》が飛《と》んでいるように見《み》える。

「結衣《ゆい》、やめな。」

そういったのは、奈津《なつ》だ。

パン、パン、パン。

坂口先生《さかぐちせんせい》が、両手《りょうて》を鳴《な》らした。

「そんなつまんないことをいいあってるあいだに、がんばって給食《きゅうしょく》を食《た》べろ。」

「そうだ、そうだ。」と、亮介《りょうすけ》。

「なんなら、この亮介《りょうすけ》くんが、かわりに雅《みやび》さんのカレーうどんを食《た》べてあげようか？」

「けっこうよ！」

亮介《りょうすけ》の申《もう》し入《い》れを即座《そくざ》に却下《きゃっか》した雅《みやび》は、カレーうどんのどんぶりを持《も》ち上《あ》げて、かきこむようにして食《た》べだした。

「ふうっ。ごちそうさま。」

どんぶりをトレイにおいた雅《みやび》。水色《みずいろ》のシャツワンピースの胸《むね》に、カレー色《いろ》の水玉模《みずたまも》様《よう》が何個《なんこ》もついてしまっている。

すうっと立《た》ち上《あ》がった宙《そら》が、

「ごっそーさんっ。」

なにもなかったようなすずしい顔《かお》で、空《から》になった食器《しょっき》をかたづけた。

ぼうっと見《み》ていたわたしも、急《いそ》いでカレーうどんのつづきを口《くち》にはこんだ。

このごろの図書当番《としょとうばん》では、たいてい雅《みやび》とならんで貸出《かしだし》カウンターにすわっている。となりに雅《みやび》がいるのになれてしまったからか、いないとなんだかおちつかなく感《かん》じた。

いつもは返却本《へんきゃくぼん》を本棚《ほんだな》に返《かえ》す仕事《しごと》にまわっている、五年《ねん》一組《くみ》図書委員《としょいいん》の林田《はやしだ》くんが、雅《みやび》のかわりをしている。

「そうなんだ。雅《みやび》さん、今日《きょう》は来《こ》ないんだ。でも、リレーの選手《せんしゅ》なんて、すごいね。」

ちょっとざんねんそうな、林田《はやしだ》くん。いかにも、美少女《びしょうじょ》・雅《みやび》のファンなのが見《み》え見《み》えだ。

わたしは、首《くび》をのばして、窓《まど》の外《そと》の校庭《こうてい》に目《め》を向《む》けた。

ドッジボールや縄跳《なわと》びをして遊《あそ》んでいる子《こ》たちがいる。

(バトンリレーの練習《れんしゅう》って、どこでやってるんだろう?)

宙《そら》も雅《みやび》も奈津《なつ》も……、うちのクラスのリレー選手《せんしゅ》たちのすがたは見《み》えない。

練習《れんしゅう》しているのが二組《くみ》に見《み》えないように、どこかでこっそりと練習《れんしゅう》しているのかもしれない。

体育館《たいいくかん》のうらとか、バドミントンコートとか……?

「あのー。これ、もういいから、返却《へんきゃく》します。」

聞《き》こえた声《こえ》に顔《かお》を向《む》けると、『人魚姫《にんぎょひめ》』の本《ほん》をかかえた、奈緒《なお》ちゃんだった。

本《ほん》は、林田《はやしだ》くんが受《う》け取《と》った。

「奈緒《なお》ちゃん、もういいの？　もういっぺん、借《か》りる？」

たずねたけれど、奈緒《なお》ちゃんは、はずかしそうにしながら、首《くび》を横《よこ》にふった。

「もう、いいです。何度《なんど》読《よ》んでも、お話《はなし》は変《か》わらないから……。」

「そう？　それはそうね。お話《はなし》は変《か》わらないね。」

変《か》わらないから、主人公《しゅじんこう》の気持《きも》ちが理解《りかい》できるまで、何度《なんど》でも読《よ》んでしまうのだと思《おも》うけれど……。

「あのね、おかあさんが、『これも一つの愛《あい》の形《かたち》』だって。」

奈緒《なお》ちゃんは、そう教《おし》えてくれた。

「奈緒《なお》ちゃん、むずかしいこと、知《し》ってるね。」

『これも一つの愛《あい》の形《かたち》』だなんて、わたしもわからない。

人魚姫《にんぎょひめ》は、王子《おうじ》さまを愛《あい》するあまり、助《たす》けた王子《おうじ》さまのかわりに消《き》えてしまった。

それが、一つの愛《あい》の形《かたち》なんだろうか？

「またいつか、もう一度《いちど》読《よ》みたくなったら、借《か》ります。」

そういって、奈緒《なお》ちゃんは図書館《としょかん》から出《で》ていった。

ダダダダダ……。

入《い》れ替《か》えに足音《あしおと》をひびかせて、図書館《としょかん》まで走《はし》ってきたのは、大野《おおの》くんだった。

「はあ、はあ、はあ……。ごめん、萌《もえ》ちゃん……。」

「ど、どうしたの？」

息《いき》を切《き》らせた大野《おおの》くんが、カウンターに片手《かたて》でよりかかる。

「ごめんね、またせちゃった。」

必死《ひっし》で走《はし》ってきたらしい大野《おおの》くんを見《み》たら、べつに大野《おおの》くんをまっていたわけじゃない、とはいえない。

「給食当番《きゅうしょくとうばん》だったのをわすれてて……、かたづけてたら、おそくなっちゃった。」

大野《おおの》くんは、汗《あせ》びっしょりで、息《いき》もたえだえなのに、大《おお》きく口《くち》を横《よこ》に広《ひろ》げて笑《わら》う。

「ねえ、ひとみ先生《せんせい》？」

わたしは、机《つくえ》の上《うえ》のパソコンでなにか仕事《しごと》をしている、ひとみ先生《せんせい》をふり返《かえ》った。

ちょうど、図書館《としょかん》に来《き》ていた子《こ》たちが、ほとんど帰《かえ》っていったあとだ。

「ひとみ先生《せんせい》、大野吾郎《おおのごろう》さんの本《ほん》を、パソコンで見《み》せてほしいんだけど？」

「うん？　いいわよ。……『大野吾郎《おおのごろう》』さんっと……。」

ひとみ先生《せんせい》は、さっそくキーボードをあやつって、検索画面《けんさくがめん》を見《み》せてくれた。

「はい。これでいい？」

パソコンのモニター画面《がめん》には、このまえと同《おな》じく「大野吾郎《おおのごろう》」の著作《ちょさく》がならんでいる。

「見《み》て、大野《おおの》くん。」

わたしは、いちばん上《うえ》の青《あお》い波《なみ》の本《ほん》、『海峡《かいきょう》の果《は》て』を指《ゆび》さした。（タイトルはなんて読《よ》むのかわからないのだけれど……。）

「それが、どうしたの？　とうさんの本《ほん》だよ、それ。うちにもあるよ、何冊《なんさつ》も。おもしろいかどうかは知《し》らない。おとなの本《ほん》だから、読《よ》めないもん。」

わたしは、カクン、となった。

（そりゃあ、家《いえ》にも何冊《なんさつ》もあるでしょう。おとうさんの本《ほん》だもんね。）

「この本《ほん》、祥子《しょうこ》さんが読《よ》んでた。」

わたしがそういうと、大野《おおの》くんは、

「そんなわけ、ない、ない。」

と、手《て》をひらひらふって打《う》ち消《け》した。

「ばあちゃんは、作家《さっか》のとうさんがきらいなんだ。だから、うちの両親《りょうしん》の結婚《けっこん》に反対《はんたい》したんだって、かあさんがいってた。きらいなとうさんの本《ほん》なんて、ばあちゃん、ぜーったいに読《よ》んだりするはずないって。」

「ほんとうなんだって。大野《おおの》くんに見《み》つからないように、あわててかくしてたみたいだけど。祥子《しょうこ》さん、病室《びょうしつ》で、この本《ほん》を読《よ》んでたの。波《なみ》の絵《え》がきれいだったから、おぼえていたの。」

「えっ？　ええーっ？」

大野《おおの》くんは、目《め》を見開《みひら》いてびっくりまなこだ。

大野《おおの》くんの声《こえ》が大《おお》きいから、ひとみ先生《せんせい》にも、ようすがつかめたらしい。

「おばあさん、おとうさんのご本《ほん》は読《よ》まないの？　作家活動《さっかかつどう》を応援《おうえん》してくださってるわけじゃないの？」

そう、大野《おおの》くんにたずねている。

「はい。両親《りょうしん》の結婚《けっこん》に反対《はんたい》だったらしくて、いまだに仲《なか》がわるいんです。まだゆるしてないみたい。だから、ばあちゃんがとうさんの本《ほん》を読《よ》むなんてこと、ありえないはず。」

「でも、読《よ》んでた。ということは……。」

腕組《うでぐ》みをして、考《かんが》えるポーズのひとみ先生《せんせい》。

「大野《おおの》くんのおばあさん。ほんとうは、作家《さっか》のおとうさんのこと、理解《りかい》しようとなさってるんじゃないかしら？」

わたしも、ひとみ先生《せんせい》にうなずく。

「うん。祥子《しょうこ》さんは、ほんとうは、大野《おおの》くんのおかあさんたちと仲直《なかなお》りがしたいんじゃないかなと思《おも》う。だって、いつもはあんなにやさしい祥子《しょうこ》さんだもの……。」

大野《おおの》くんは、首《くび》をかしげて、考《かんが》えこんでいる。

「ねぇ。祥子《しょうこ》さんと大野《おおの》くんのおかあさんたちのために、なにかできることはないかな？　祥子《しょうこ》さんは、大野《おおの》くんには心《こころ》をゆるしてるんだから、ちゃんと話《はな》せば、大野《おおの》くんのいうことだったら聞《き》いてくれるんじゃないかな？」

大野《おおの》くんは、「わかった。」とうなずいた。

「オレ、ばあちゃんと話《はな》してみる。だからさぁ……。」

「だから」なんなんだ？　と思《おも》ったら、大野《おおの》くんが、にまぁと笑《わら》った。

「だから、萌《もえ》ちゃんもいっしょに来《き》て？」

やっぱりそうくるかぁ、と思《おも》いながらも、放課後《ほうかご》いっしょに病院《びょういん》へ行《い》く約束《やくそく》をしてしまった。

大野《おおの》くんは、はずむような足取《あしど》りで図書館《としょかん》から出《で》ていく。

わたしは、貸出《かしだし》カウンターにおかれた返却本《へんきゃくぼん》をかたづけながら、考《かんが》えこんでしまった。

積《つ》まれた本《ほん》のいちばん上《うえ》には、『人魚姫《にんぎょひめ》』。

奈緒《なお》ちゃんのおかあさんは、人魚姫《にんぎょひめ》のお話《はなし》を「一つの愛《あい》の形《かたち》」といった。

自分《じぶん》の命《いのち》と引《ひ》き替《か》えにしても相手《あいて》の幸《しあわ》せをねがう人魚姫《にんぎょひめ》の「愛《あい》」。愛《あい》にはいろいろな形《かたち》があるのだろうか……？

祥子《しょうこ》さんと信介《しんすけ》さん。会《あ》えなくなっても、二人《ふたり》はずっとおたがいを思《おも》いあっている。それも、一つの愛《あい》の形《かたち》？

親《おや》に反対《はんたい》されても、苦労《くろう》するっていわれても、大野吾郎《おおのごろう》さんと結婚《けっこん》した、大野《おおの》くんのおかあさん。

ほかのみんなにはとっくに気《き》づかれているのに、当《とう》のひとみ先生《せんせい》にだけはとどかない、坂口先生《さかぐちせんせい》の思《おも》い。

（今《いま》、視界《しかい》のはしっこに、ひとみ先生《せんせい》が見《み》えたんだよね。）

それから、ボーイフレンドの亮介《りょうすけ》のおにいさんが、数少《かずすく》ない友《とも》だちの一人《ひとり》である、おねえちゃん。
愛《あい》にはいろいろな形《かたち》がある……。
わたしには、愛《あい》なんてまだ早《はや》いと思《おも》う。
愛《あい》なんてことば、口《くち》にするだけではずかしい気《き》がする。
それでも、いつかわたしにも愛《あい》とよべるものがやってくるのだろうか？
でも……。
わたしの愛《あい》は、どんな形《かたち》？
わたしの愛《あい》は……？

9 いっしょにお見舞《みま》い

終《お》わりのホームルームのあと。教室《きょうしつ》から一歩《ぽ》外《そと》のろうかに出《で》てすぐ、ぎょっとした。

「萌《もえ》ちゃーん!!」

朝《あさ》よりも、さらに大《おお》きな、大野《おおの》くんの声《こえ》。

ランドセルを背負《せお》った大野《おおの》くんが、飛《と》びつくようにわたしに近《ちか》づいてくる。

まわりのみんながぽかんとして、大野《おおの》くんとわたしを見《み》た。

わたしは、はずかしくて、とっさに教室《きょうしつ》にもどりたくなった。

「大野《おおの》くん、なに?」

「うん。二組《くみ》のほうが早《はや》く終《お》わったから、まってた。だって、いっしょにばあちゃんのとこへ行《い》く約束《やくそく》だろ？　萌《もえ》ちゃんといっしょだなんて、幸《しあわ》せだあ。」

「ちょっ、ちょっとまって。今《いま》すぐ病院《びょういん》へ行《い》くわけにはいかないよ。一度《いちど》うちに帰《かえ》ってから、それから行《い》こう。」

「えっ？　そうなの？　だってさ、オレんちと萌《もえ》ちゃんちは、方向《ほうこう》がちがうじゃん。せっかく、学校《がっこう》からいっしょに帰《かえ》れると思《おも》ったのに……。」

大野《おおの》くんは、ちょっと不満《ふまん》そうだ。

「おい、おい。なにいってんだ？」

坂口先生《さかぐちせんせい》も、教室《きょうしつ》から出《で》てきてしまった。

「萌《もえ》のいうとおりだ。おばあさんのお見舞《みま》いかもしれないけど、一度家《いちどいえ》に帰《かえ》って、保《ほ》護者《ごしゃ》の了解《りょうかい》を得《え》てからにしろ。」

坂口先生《さかぐちせんせい》、たまには先生《せんせい》らしいことをいってくれる。

坂口先生《さかぐちせんせい》の後《うし》ろから亮介《りょうすけ》が、「そうだ、そうだ。」と、顔《かお》を出《だ》した。

「そうだぞぉ。放課後《ほうかご》の寄《よ》り道《みち》はいけないんだぞぉ。」

「おまえにいわれたかねぇーわ。」

すると、にらみあっている亮介《りょうすけ》と大野《おおの》くんをさけるように、宙《そら》がすっと体《からだ》をそらして行《い》ってしまったのだ。

(宙《そら》くん？)

宙《そら》は、ろうかにいるわたしたちをちらっと見《み》ただけで、なにもいわなかった。

「あ、宙《そら》！　ちょっとまって！」

亮介《りょうすけ》が、あわてて宙《そら》のあとを追《お》った。

わたしも、奈津《なつ》に腕《うで》を引《ひ》っぱられた。

「萌《もえ》ちゃん、わたしたちも、帰《かえ》るよ。」

「う、うん。ちょっとまってね。」

わたしは、一度《いちど》家《いえ》に帰《かえ》ってから、祥子《しょうこ》さんの病院《びょういん》の前《まえ》で大野《おおの》くんとまちあわせる約《やく》束《そく》をしておいた。

大野《おおの》くんは、ちょっとざんねんそうな顔《かお》だったけれど……。

「萌《もえ》ちゃん。」

奈津《なつ》が、わたしの顔《かお》をのぞきこむように見《み》て、「いひひひ。」なんて、気味《きみ》わるい笑《わら》い声《ごえ》を出《だ》す。

「奈《な》っちゃん、なに、その笑《わら》い方《かた》？」

「いひひひ。宙《そら》は、きっと、大野《おおの》くんにやきもちをやいたね。」

「やきもち!?」

「うん。だから、無視《むし》するみたいにして、さっさと帰《かえ》ってったんだと思《おも》う。」

「えーっ。そんなこと、ないない。なんでやきもちをやかないといけないの？」

宙《そら》の「やきもち」だって？

宙《そら》にかぎって、そんなはずはない。

雅《みやび》にやきもちのような気持《きも》ちをいだいた自分《じぶん》のことは棚《たな》に上《あ》げて、わたしは、宙《そら》の「やきもち」を打《う》ち消《け》した。

わたしが夕日丘市立総合病院《ゆうひがおかしりつそうごうびょういん》に着《つ》いたときには、すでに病院《びょういん》の玄関前《げんかんまえ》で大野《おおの》くんがまっていた。

遠《とお》くからわたしを見《み》つけて、大野《おおの》くんが大《おお》きく手《て》をふってくる。

「萌《もえ》ちゃーん！」

（やれやれ、なんだかなぁ……。）

すごくうれしそうな大野《おおの》くんのようすに、なんともいえない気持《きも》ちで、わたしは小《ちい》さく手《て》をふり返《かえ》した。

「ごめんね、萌《もえ》ちゃん。またお見舞《みま》いにつきあわせちゃって。」

わたしは、「ううん。」と首《くび》を横《よこ》にふる。

祥子《しょうこ》さんのお見舞《みま》いはぜんぜんかまわないし、むしろ祥子《しょうこ》さんには会《あ》いたい気持《きも》ちだ。

けれども、大野《おおの》くんにああも大々的《だいだいてき》に「いっしょにお見舞《みま》い」を発表《はっぴょう》されてしまうと、いたたまれなくなる。むしろ、後《うし》ろめたい気持《きも》ちにさえなる。

それでもそのことをうまくいえずに、やっぱりこうして来《き》てしまうわたしだった。

祥子《しょうこ》さんの病室《びょうしつ》へ向《む》かうろうかで、大野《おおの》くんが話《はな》してくれた。

「今《いま》、ばあちゃんの病室《びょうしつ》に、かあさんがいる。手術《しゅじゅつ》のことを前向《まえむ》きに考《かんが》えようって、今日《きょう》も説得《せっとく》してるんだと思《おも》う。ケンカにならずに、ちゃんと話《はな》しあいができたらだけどね。」

「心配《しんぱい》だね。」と、わたし。

病棟《びょうとう》をエレベーターで三階《がい》に上《あ》がって、大野《おおの》くんと病室《びょうしつ》の前《まえ》に立《た》った。

トン、トン。

引《ひ》き戸《ど》をノックしたと同時《どうじ》に、中《なか》から声《こえ》が聞《き》こえてきた。

「おかあさん、いいかげんにしてちょうだい！　なんで、自分《じぶん》の命《いのち》のことをもっと前《まえ》向《む》きに考《かんが》えられないの？」

「自分《じぶん》の命《いのち》だから、自分《じぶん》の勝手《かって》にさせてちょうだいっていってるの！」

病室《びょうしつ》の引《ひ》き戸《ど》に手《て》をかけたまま、大野《おおの》くんがわたしの顔《かお》を見《み》る。

「やっぱり、二人《ふたり》、ケンカしてるみたいだ。」

わたしと大野《おおの》くんは、どうしようか、と目《め》を見《み》あわせた。

とがった祥子《しょうこ》さんと大野《おおの》くんのおかあさんの声《こえ》は、また聞《き》こえる。

「あんただって、きらいな母親《ははおや》が早《はや》くいなくなってくれたら、せいせいすると思《おも》ってるんでしょ？」

「そんなこと、よくいえるわね。きらってるのは、おかあさんのほうでしょ？」

「きらいなのは、吾郎《ごろう》さんがろくでもない小説家《しょうせつか》だってこと。なにも、あんたたちそのものがきらいだとはいってないわよ！」

「『ろくでもない。』なんて。吾郎《ごろう》さんがどんな小説《しょうせつ》を書《か》いているか、読《よ》もうともしないで、よくいえるわね。」

「読《よ》まなくても、わかってるわよ。売《う》れないっていうのは、そういうことよ！」

（あっ！）と思《おも》ったときには、大野《おおの》くんが引《ひ》き戸《ど》をいきおいよく開《あ》けていた。

「ばあちゃん、読《よ》んでるんだろ？　ほんとは、とうさんの小説《しょうせつ》、読《よ》んでくれてるんだろ？」

ベッドにいた祥子《しょうこ》さんが、大野《おおの》くんにおどろいた顔《かお》を向《む》けた。

「優吾《ゆうご》！　突然《とつぜん》、なにをいいだすかと思《おも》ったら……。」

わたしも、大野《おおの》くんのあとから病室《びょうしつ》に入《はい》った。

「ごめんなさい、祥子《しょうこ》さん。わたし、ぐうぜんに見《み》てしまったの。祥子《しょうこ》さんが、大野《おおの》くんのおとうさんの本《ほん》を読《よ》んでたところ。青《あお》い波《なみ》がすごくきれいな表紙《ひょうし》の本《ほん》だったから、目《め》についてしまって……。」

「『海峡《かいきょう》の果《は》て』ね。でも、まさか。」

と、大野《おおの》くんのおかあさんは、信《しん》じられない顔《かお》だ。

「ばあちゃん！」

大野《おおの》くんが、祥子《しょうこ》さんの掛《か》けぶとんを、ぱっとめくった。

「あぁっ！」

青《あお》い花柄《はながら》のパジャマズボンをはいた、祥子《しょうこ》さんのひざの上《うえ》に、『海峡《かいきょう》の果《は》て』があった。

「あっ、あれっ？　この本《ほん》、吾郎《ごろう》さんの本《ほん》だったの？　わ、わたしは、作者《さくしゃ》の名前《なまえ》も確認《かくにん》しないで読《よ》んでたわ。看護師《かんごし》さんが、『おもしろい本《ほん》があるけど、読《よ》んでみますか？』って、無理《むり》においていったから……。」

祥子《しょうこ》さんのことばは、苦《くる》しいいいわけに聞《き》こえた。もしかしたら、祥子《しょうこ》さんのほうから看護師《かんごし》さんにたのんで、買《か》ってきてもらったのかもしれない。

それに、看護師《かんごし》さんがいったことにしてるけど、「おもしろい本《ほん》」だって……。

「おかあさん……。」

大野《おおの》くんのおかあさんが、泣《な》き笑《わら》いのような笑《え》みをうかべた。

「『海峡《かいきょう》の果《は》て』は、吾郎《ごろう》さんの渾身《こんしん》の作品《さくひん》なの。今《いま》までにない力《ちから》の入《い》れようだったわ。『世《よ》の中《なか》にみとめてもらえる小説《しょうせつ》を書《か》くんだ。』って、がんばって……。」

「ま、そうかもね。今《いま》までのろくでもないハードボイルド作品《さくひん》に比《くら》べたら、ずいぶんとましかもね。」

そういったあとで、祥子《しょうこ》さんは、「あっ。」と口《くち》をおさえた。

「『今《いま》までの』って？　じゃあ、今《いま》までの作品《さくひん》も読《よ》んでくれていたってこと？」

「………。」

祥子《しょうこ》さんは、こんどはおかあさんに返事《へんじ》もしないで、横《よこ》を向《む》いた。

いつもやさしいことばをかけてくれる祥子《しょうこ》さんしか知《し》らなかったわたしだ。こんなかたくなな祥子《しょうこ》さんは、すごく意外《いがい》に見《み》える。

「ばあちゃん。」

たまらなくなった大野《おおの》くんが、声《こえ》を発《はっ》した。

「ばあちゃんも、かあさんも。親子《おやこ》なんだから仲《なか》よくしようよ。それで、ばあちゃんは、じいちゃんの分《ぶん》も長生《ながい》きしようよ。なぁ、がんばって、手術《しゅじゅつ》受《う》けようよ。」

祥子《しょうこ》さんは、それでもだまっている。

大野《おおの》くんのおかあさんは、ベッドのそばにしゃがむと、祥子《しょうこ》さんの手《て》を取《と》った。祥《しょう》子《こ》さんの右手《みぎて》を両手《りょうて》でつつんで、そっとさすっている。

大野《おおの》くんのおかあさんが、すっと鼻水《はなみず》をすすった。

「よしっ！」

と、大野《おおの》くんが手《て》を打《う》った。

「ばあちゃん。オレさぁ、がんばってるんだ。今年《ことし》も、リレーのアンカーを走《はし》るんだ。ぜーったいにがんばるから、見《み》にきてよ。一組《くみ》になんか、負《ま》けないから。だから、オレが、一組《くみ》のアンカーに勝《か》ったら、ばあちゃんもがんばろうよ。なぁ。それでいいだろ？」

（「一組《くみ》のアンカーに勝《か》ったら。」って!? えぇっ？）

大野《おおの》くんがいうのは、まるでこじつけの賭《か》けみたいだと思《おも》う。

それでも祥子《しょうこ》さんは、ほんのりとほほえんだだけだった。

大野《おおの》くんとわたしは、おかあさんだけ病室《びょうしつ》に残《のこ》して、先《さき》に病院《びょういん》から帰《かえ》ってきた。

「よっしゃーっ！」

帰《かえ》り道《みち》で、大野《おおの》くんは何度《なんど》も雄叫《おたけ》びをあげる。

「萌《もえ》ちゃん。よっしゃーっ！」

「だから、なにが『よっしゃーっ！』なの？」

「オレ、がんばるから。運動会《うんどうかい》のリレー、オレ、がんばるから、見《み》ててくれよな。」

「見《み》てるのは、いいけど、わたしは一組《くみ》よ。」

すると、大野《おおの》くん。今《いま》さら気《き》づいたように、

「ああっ、そうだったぁ。」

と、頭《あたま》をかかえた。

「だって、ばあちゃんとかあさんが仲直《なかなお》りできそうなのは、萌《もえ》ちゃんのおかげなのに。だから、萌《もえ》ちゃんにも見《み》ててほしいのに……。」

だからといって、一組《くみ》のわたしは、二組《くみ》の大野《おおの》くんに「勝《か》って。」と応援《おうえん》するわけにはいかない。

大野《おおの》くんは、リレーで二組《くみ》のアンカーらしい。一組《くみ》のアンカーは、宙《そら》だ。

(わたしは、宙《そら》くんにもがんばってほしいもの……。)

「そうだね。大野《おおの》くんは、祥子《しょうこ》さんのためにがんばって。わたしも、心《こころ》の中《なか》では応援《おうえん》するから。大野《おおの》くんのことも、一組《くみ》も、どっちも応援《おうえん》することにするから。」

ほんとうに、心《こころ》の中《なか》、気持《きも》ちだけだけれど、そういわずにはいられなかった。

⑩ 最後《さいご》の運動会《うんどうかい》

十月最初《がつさいしょ》の日曜日《にちようび》。運動会《うんどうかい》の日《ひ》の朝《あさ》だ。

運動会《うんどうかい》の日《ひ》であろうが、遠足《えんそく》の日《ひ》であろうが、どしゃぶりの雨《あめ》の日《ひ》以外《いがい》は、必《かなら》ずソラと散歩《さんぽ》に出《で》かける。

いつも散歩《さんぽ》ではりきっているのはソラのほうで、わたしがソラを散歩《さんぽ》させているのか、ソラに散歩《さんぽ》させてもらっているのか、わからない感《かん》じではあるのだけれど。

ソラとわたしは、いつものように散歩《さんぽ》コースの公園《こうえん》までやってきた。

「萌《もえ》ちゃん！」

遊歩道《ゆうほどう》のベンチに、信介《しんすけ》さんがいた。ベンチのはしっこに腰《こし》かけたままで、わたしたちに手《て》をふってくれている。

「ワン、ワン、ワン……。」

わたしよりも先《さき》に気《き》づいたソラに引《ひ》っぱられて、信介《しんすけ》さんにかけよる。

「おはようございます。」

「おはよう、萌《もえ》ちゃん。今日《きょう》は、運動会《うんどうかい》だね。」

「信介《しんすけ》さん、よく知《し》ってるのね。」

信介《しんすけ》さんは、にっこりとほほえむ。なんだか、うれしそうだ。

「うん。さっき、祥子《しょうこ》さんの病室《びょうしつ》をのぞいてきたんだ。祥子《しょうこ》さん、看護師《かんごし》さんと〈特《とく》別外出許可《べつがいしゅつきょか》〉の話《はなし》をしていたから。」

「えっ。じゃあ、祥子《しょうこ》さん。今日《きょう》、運動会《うんどうかい》を見《み》にくるの？」

「たぶん。気《き》まぐれ屋《や》の祥子《しょうこ》さんの気《き》が変《か》わらなければの話《はなし》だけど。」

「うわあ。大野《おおの》くんがよろこぶね。」

「それに、ぼくがこっそりと病室《びょうしつ》をのぞいていたのに、祥子《しょうこ》さんは、ぜんぜんぼくに気《き》づかないんだ。」

「気《き》づかない？　信介《しんすけ》さんが見《み》えなくなったってこと？」

信介《しんすけ》さんは小《ちい》さくうなずいたけれど、少《すこ》しさみしそうにも見《み》えた。

「でも、祥子《しょうこ》さん、外出《がいしゅつ》ができるくらい、元気《げんき》になったんだ。」

「うん。元気《げんき》になってくれたことは、ほんとうによかったと思《おも》ってる。」

運動会《うんどうかい》に、祥子《しょうこ》さんが来《く》る。そう思《おも》っただけで、なんだかドキドキしてきた。

今年《ことし》のクラス対抗《たいこう》リレーは、どうなっちゃうんだろう？

たぶん、今年《ことし》もアンカーの宙《そら》と大野《おおの》くんの一騎打《いっきう》ちになりそうだ。

「うわぁ。ドキドキだぁ。」

わたしは、宙《そら》と大野《おおの》くんと、どちらを応援《おうえん》すればいいのだろう？

それに、このとき初《はじ》めて、わたしもリレーに出《で》たかったと思《おも》ってしまったのだった。

思《おも》ったけれど、なにを今《いま》さら、だ。

「ありがとう。祥子《しょうこ》さんが元気《げんき》を取《と》りもどせそうなのも、萌《もえ》ちゃんのおかげだよ。」

「ううん。わたしはなにも……。それに、祥子《しょうこ》さんが手術《しゅじゅつ》をするかどうかは、大野《おおの》くんのがんばりにかかっているみたいになっちゃって。わたし、大野《おおの》くんと宙《そら》くんと、どっちを応援《おうえん》すべきなんだろう？　だって、わたしは一組《くみ》だし……。」

それでも信介《しんすけ》さんは、まるで「だいじょうぶ、だいじょうぶ。」とでもいうように、わたしの手《て》を、ポンポンとたたいてくれたのだった。

運動会《うんどうかい》は、今年《ことし》も校長先生《こうちょうせんせい》のあいさつから始《はじ》まる。それはなにも運動会《うんどうかい》にかぎらず、学校行事《がっこうぎょうじ》はみんなそうだ。

校庭《こうてい》に整列《せいれつ》した全校生徒《ぜんこうせいと》は、紅白《こうはく》のハチマキをしめたふた組《くみ》に分《わ》かれている。

ここ朝日小学校《あさひしょうがっこう》は、全学年《ぜんがくねん》がふた組《くみ》ずつしかない。だからしぜんと、クラス対抗《たいこう》は紅白《こうはく》になるのだ。

校長先生《こうちょうせんせい》のお話《はなし》のあとは、柔軟《じゅうなん》のためのラジオ体操《たいそう》をして、運動会《うんどうかい》の競技《きょうぎ》が始《はじ》まっていく。

保護者観覧席《ほごしゃかんらんせき》は、もうすでにおとうさん、おかあさんたちでいっぱいだ。首《くび》をのばしてみると、保護者席《ほごしゃせき》の後《うし》ろのほうに立《た》っている、うちの両親《りょうしん》と宙《そら》のおかあさんの冴子《さえこ》さんの顔《かお》が見《み》えた。

朝食《ちょうしょく》のとき、おかあさんが、

「あとでおとうさんと、冴子《さえこ》さんをさそって行《い》くからね。小学校最後《しょうがっこうさいご》の運動会《うんどうかい》だもんね。萌《もえ》もがんばってね。」

なんていってくれた。

毎年《まいとし》くりかえしてきた学校行事《がっこうぎょうじ》の運動会《うんどうかい》。これも小学校最後《しょうがっこうさいご》だと思《おも》うと、ちょっとしんみりした気持《きも》ちになってしまう。

「プログラム一番《ばん》、五年生《ねんせい》による徒競走《ときょうそう》。出場《しゅつじょう》する五年生以外《ねんせいいがい》のみなさんは、クラス席《せき》についてください。」

場内《じょうない》アナウンスのあと、スピーカーからマーチの音楽《おんがく》が流《なが》される。整列《せいれつ》をくずして、クラス席《せき》に行《い》こうとしたときだ。

「萌《もえ》ちゃん！」

二組《くみ》の男子《だんし》の列《れつ》から、大野《おおの》くんが飛《と》び出《だ》してきた。

「大野《おおの》くん、祥子《しょうこ》さんは来《き》てくれるのね？」

「たぶん。でも、ばあちゃん、まだ来《き》てないんだ。どうしたんだろう？」

大野《おおの》くんは、校門《こうもん》のあたりをキョロキョロと見《み》まわす。

「だいじょうぶよ、大野《おおの》くん。リレーはいちばん最後《さいご》だし、それまでには来《き》てくれるよ。」

「うん。そうだといいんだけど……。」

高学年《こうがくねん》のクラス対抗《たいこう》リレーは、運動会《うんどうかい》プログラムのいちばん最後《さいご》だ。

病院《びょういん》に入院中《にゅういんちゅう》の祥子《しょうこ》さんが朝《あさ》からずっと観覧《かんらん》するのでは、体《からだ》への負担《ふたん》が大《おお》きいかもしれない。それでも最後《さいご》のリレーだけは、どうしても見《み》にきてくれると信《しん》じてる。

そうやって大野《おおの》くんと話《はな》しているところを、目《め》ざとく亮介《りょうすけ》に見《み》つかってしまった。

亮介《りょうすけ》が、わざと眉間《みけん》にしわをよせた顔《かお》で近《ちか》づいてくる。

「なんだ、なんだ？　二組《くみ》の大野《おおの》くんが、一組《くみ》の萌《もえ》ちゃんに、いったいなんの用《よう》だ？」

大野《おおの》くんも大野《おおの》くんで、

「ふん。大事《だいじ》な用《よう》だ。」

なんて、わざとらしくいい返《かえ》したりするのだ。

（もうっ。バトルは、運動会《うんどうかい》の中《なか》だけにしてよね。）

じっさい二人《ふたり》のあいだに入《はい》ってそういおうと思《おも》ったら、やってきた宙《そら》が亮介《りょうすけ》の腕《うで》を引《ひ》っぱった。

「やめとけ、亮介《りょうすけ》。運動会始《うんどうかいはじ》まるぞ。」

「いいのか、宙《そら》？　こりゃ、恋《こい》の大《だい》バトルだぞ。」

「りょ、亮介《りょうすけ》くん。なにいってるの!?」

そばで大野《おおの》くんは、照《て》れたように鼻《はな》の下《した》を人《ひと》さし指《ゆび》でこすっている。

「亮介《りょうすけ》のバーカ。」

宙《そら》は、亮介《りょうすけ》の頭《あたま》をペチッとたたいた。

「バカっていうほうが……。」

いつものセリフをいおうとした亮介《りょうすけ》。後半《こうはん》がいえなかったのは、後《うし》ろから亮介《りょうすけ》をはがいじめにした奈津《なつ》に、片手《かたて》で口《くち》をおさえられたからだった。


わたしは、リレーの選手《せんしゅ》になれなかった。だから、今年《ことし》は走《はし》らなくていいのだとほっとしていたのに、甘《あま》かった。

リレーの選手《せんしゅ》以外《いがい》は、ふつうの徒競走《ときょうそう》に出《で》るんだということをわすれていた。

六年生《ねんせい》の徒競走《ときょうそう》は、午前《ごぜん》の部《ぶ》の終《お》わりのほうだった。

(あーぁ、やっぱり走《はし》んなきゃいけないわけね。)

徒競走《ときょうそう》のために入場門《にゅうじょうもん》へ集合《しゅうごう》しようとしていたとき、聞《き》こえた。

「萌《もえ》ーっ!」「がんばってねーっ!」

見《み》ると、うちのおかあさんが、保護者席《ほごしゃせき》の前《まえ》のほうで手《て》をふっていた。そばでおとうさんは、胸《むね》に下《さ》げた一眼《いちがん》レフのデジカメを両手《りょうて》でかかえ上《あ》げる。

二人《ふたり》ともさっきまでは保護者席《ほごしゃせき》の後《うし》ろのほうにいたのに、きっとまわりの人《ひと》に無理《むり》をいって、前《まえ》に移動《いどう》させてもらったのにちがいない。

（もうっ。はずかしいから、写真《しゃしん》はいいよう……。）

そう思《おも》いながら、両親《りょうしん》にかすかに手《て》をふり返《かえ》した。

徒競走《ときょうそう》も、男女別《だんじょべつ》のクラス対抗《たいこう》で、二組《くみ》の女子《じょし》と二人《ふたり》で走《はし》るのだ。

背《せ》の順《じゅん》に前《まえ》からならぶと、わたしは、体育《たいいく》の五十メートル走《そう》のタイムを計《はか》ったときと同《おな》じ人《ひと》と走《はし》るのだった。

「いちについて、よーい……。」

パーンッ！

ピストルの音《おと》といっしょに飛《と》び出《だ》して、むちゅうで走《はし》った。

今日《きょう》も、二組《くみ》の人《ひと》より、わたしのほうが速《はや》かった。

保護者席《ほごしゃせき》の前《まえ》もかけぬけたけど、おとうさんが写真《しゃしん》をとったかどうかは、見《み》る余裕《よゆう》がなかった。

運動会《うんどうかい》の昼食《ちゅうしょく》は、教室《きょうしつ》へ移動《いどう》して、各自《かくじ》が家《いえ》から持《も》ってきたお弁当《べんとう》を食《た》べることになっている。

こういう日《ひ》は楽《たの》しく食《た》べよう、という坂口先生《さかぐちせんせい》の提案《ていあん》で、班《はん》ごとに机《つくえ》をよせあって食《た》べた。

「あっ、ハンバーグじゃん！　食《た》べないのか？　もーらいっと。」

「あっ、だれが食《た》べないっていった？　もうっ！　じゃあ、かわりに亮介《りょうすけ》の春巻《はるま》き、没収《ぼっしゅう》だ。」

「あーっ。それ、大事《だいじ》に取《と》っといたのにぃ。」

ここでもおはしでバトルをやっているのは、いわずと知《し》れた、亮介《りょうすけ》と奈津《なつ》だ。

二人《ふたり》は、今《いま》もクラスの班《はん》が同《おな》じだ。奈津《なつ》は、「ほんと、腐《くさ》れ縁《えん》だ。」なんてぼやくのだけれど。

前《まえ》にすわった坂口先生《さかぐちせんせい》は、自分《じぶん》で作《つく》ったらしい、ソフトボールくらいの巨大《きょだい》おにぎりをほおばっている。

「坂口先生《さかぐちせんせい》。亮介《りょうすけ》くんと奈《な》っちゃんを注意《ちゅうい》してくださいい。野放《のばな》しにしないでください！」

そう意見《いけん》したのは結衣《ゆい》だ。

坂口先生《さかぐちせんせい》は、おかしそうに、ホッホッと笑《わら》う。

「いいじゃないか。楽《たの》しければ、それで。亮介《りょうすけ》、奈津《なつ》、大《おお》いにやれ。ふり返《かえ》れば、それもいい思《おも》い出《で》だ。」

「うわっ、ごはんつぶが飛《と》んできたぁ！　坂口先生《さかぐちせんせい》、食《た》べながらしゃべるのはやめてください！」

被害《ひがい》をこうむった青木《あおき》くんが、抗議《こうぎ》の声《こえ》をあげた。それがおかしくて、みんなで笑《わら》った。

視線《しせん》を横《よこ》に向《む》けると、宙《そら》もいっしょに笑《わら》っている。宙《そら》の笑顔《えがお》を見《み》ると、それだけで

わたしはうれしい……。

応援合戦《おうえんがっせん》から始《はじ》まった午後《ごご》の部《ぶ》。プログラムは五、六年生《ねんせい》の騎馬戦《きばせん》になった。

「五、六年生《ねんせい》は、入場門前《にゅうじょうもんまえ》に集合《しゅうごう》してください。」

アナウンスを聞《き》いて、みんなでクラス席《せき》から立《た》ち上《あ》がる。

「萌《もえ》ちゃん。」

よばれてふり向《む》くと、クラス席《せき》の後《うし》ろで、車《くるま》イスに乗《の》った祥子《しょうこ》さんが笑《わら》っていた。

「わあ、祥子《しょうこ》さん。来《き》てくれたんだ。大野《おおの》くんがまってるよ。」

今日《きょう》の祥子《しょうこ》さんは、パジャマすがたではなく、外出用《がいしゅつよう》のスラックスとカーディガンを身《み》につけて、布製《ぬのせい》の帽子《ぼうし》をかぶっている。

祥子《しょうこ》さんの乗《の》った車《くるま》イスは、病院《びょういん》の介護士《かいごし》さんがおしてくれている。そのそばには、大野《おおの》くんのおかあさんがよりそっていた。

二組《くみ》のクラス席《せき》から、急《いそ》いで大野《おおの》くんが出《で》てきた。

「ばあちゃん！　やっと、来《き》てくれたんだ！」

祥子《しょうこ》さんは、大野《おおの》くんをちらりと見《み》て、

「優吾《ゆうご》があんまりいうもんだから、ちょっとだけ見《み》に行《い》ってみようかと思《おも》ってね。」

なんていった。

さっきまで笑《え》みをうかべていた祥子《しょうこ》さんなのに、顔《かお》を引《ひ》きしめて、なんだかわざとあんまり乗《の》り気《き》でない感《かん》じをよそおってるみたいだ。

大野《おおの》くんは、そんなことにはかまわず、祥子《しょうこ》さんたちを、白《しろ》い屋根《やね》のテント下《した》に設《せっ》置《ち》された来賓席《らいひんせき》に案内《あんない》する。

「先生《せんせい》が、ばあちゃんには『ここで観覧《かんらん》していただきなさい。』って、いってくれた。」

「それは、先生《せんせい》に『ありがたいことです。』とお伝《つた》えしてちょうだい。」

祥子《しょうこ》さんはそういって、来賓席《らいひんせき》におちついた。

騎馬戦《きばせん》は、今年《ことし》もわたしは騎手《きしゅ》だった。わたしの乗《の》った馬《うま》の真《ま》ん中《なか》は、やっぱり奈《な》津《つ》。

奈《な》津《つ》の指示《しじ》でグラウンドを走《はし》りまわる馬《うま》にゆられたわたし。

（でも、今年《ことし》は四つも白帽取《しろぼうと》ったもんね。）

去年《きょねん》うばった白《しろ》い帽子《ぼうし》は三つだったから、一つ分成長《ぶんせいちょう》したんだと思《おも》う。

同《おな》じく騎手《きしゅ》になって亮介《りょうすけ》たちの馬《うま》に乗《の》っていた宙《そら》は、最後《さいご》まで赤帽《あかぼう》を取《と》られずにがんばっていた。

紅白対抗《こうはくたいこう》の騎馬戦《きばせん》は、わたしたち赤組《あかぐみ》の勝利《しょうり》に終《お》わった。

来賓席《らいひんせき》の上《うえ》、正面校舎《しょうめんこうしゃ》の壁《かべ》には、高《たか》いところに運動会《うんどうかい》の得点板《とくてんばん》がかかげられている。

赤組《あかぐみ》「７２８点《てん》」
白組《しろぐみ》「７３２点《てん》」

今《いま》のところ、わずかな差《さ》で白組《しろぐみ》が優勢《ゆうせい》だ。

「プログラム最後《さいご》の種目《しゅもく》は、五、六年生選抜選手《ねんせいせんばつせんしゅ》による、紅白対抗《こうはくたいこう》リレーです。」

勝敗《しょうはい》は、紅白対抗《こうはくたいこう》リレーの結果《けっか》にかかっている。なんだかアナウンスの声《こえ》にも力《ちから》が入《はい》っている感《かん》じだ。
五、六年《ねん》のリレーの選手《せんしゅ》たちは、すでにグラウンドの真《ま》ん中《なか》で紅白《こうはく》に分《わ》かれてならんでいる。
ならんだ最後尾《さいこうび》は六年《ねん》のアンカー。赤組《あかぐみ》は宙《そら》で、白組《しろぐみ》は大野《おおの》くんだ。

「フレー、フレー、赤組《あかぐみ》！」

「フレー、フレー、白組《しろぐみ》！」

ドドドド……ドンッ！

応援《おうえん》の和太鼓《わだいこ》の音《おと》が体《からだ》にひびく。

スタートのピストルが鳴《な》らされて、五年生《ねんせい》の紅白対抗《こうはくたいこう》リレーが始《はじ》まった。

「赤組《あかぐみ》、がんばれーっ！」

クラス席《せき》のみんなで、手《て》をメガホンにして応援《おうえん》する。

スタートは、白組《しろぐみ》が少《すこ》しだけ速《はや》かった。

そのまま、白組優勢《しろぐみゆうせい》のままで、バトンリレーがつづいていった。

「うわーっ！」「いけーっ！」

大歓声《だいかんせい》の中《なか》で、バトンはアンカーに手《て》わたされる。

場内《じょうない》のどよめきが、ひときわ大《おお》きくうずになった。

赤組《あかぐみ》、五年《ねん》一組《くみ》のアンカーが、前《まえ》を行《い》く白組《しろぐみ》アンカーをぐんぐんと追《お》い上《あ》げているのだ。

アンカーの二人《ふたり》の男子《だんし》は、どちらも歯《は》を食《く》いしばっている。

「うわぁ。速《はや》ーい。」

必死《ひっし》に走《はし》る赤組《あかぐみ》アンカーに、去年《きょねん》の宙《そら》のすがたが重《かさ》なって見《み》えた。

きっと、わたしと同《おな》じことを思《おも》いうかべていたのだろう。

「まるで、去年《きょねん》の宙《そら》みたいだ。」

亮介《りょうすけ》のそういう声《こえ》が聞《き》こえた。

とうとう、赤組《あかぐみ》アンカーが白組《しろぐみ》アンカーをぬきさった。

去年《きょねん》の宙《そら》とちがったのは、そのままなにもおこらずコースを走《はし》りぬけて、赤組《あかぐみ》アンカーがゴールテープを切《き》ったことだった。

リレーは、すぐに五年生《ねんせい》から六年生《ねんせい》につなげられる。

赤組《あかぐみ》からスタートラインにならんだのは、第《だい》一走者《そうしゃ》の雅《みやび》だ。白組《しろぐみ》の二組《くみ》も、第《だい》一走《そう》者《しゃ》は女子《じょし》だった。

「いちについて、よーい……。」

バーンッ！

ピストルの音《おと》とともに、雅《みやび》が飛《と》び出《だ》した。

のびた背中《せなか》。きれいなフォーム。

雅《みやび》のにぎった赤《あか》いバトンが、目《め》にもとまらぬ速《はや》さでふられる。

「雅《みやび》さーん、行《い》けーっ！」

クラスのみんなで、声《こえ》をかぎりに声援《せいえん》を送《おく》る。

きれいな走《はし》りを見《み》せる雅《みやび》は、そのまま白組《しろぐみ》に十メートルは差《さ》をつけて、二番走者《ばんそうしゃ》の青木《あおき》くんにバトンをわたした。

クラスのみんなと同《おな》じく、いやそれ以上《いじょう》に熱《あつ》くなっているのは、坂口先生《さかぐちせんせい》だ。ぐるぐると腕《うで》をまわしながらさけぶ。

「青木《あおき》ーっ、がんばれーっ！」

応援《おうえん》しすぎでしゃがれかけたダミ声《ごえ》が、グラウンドでひときわ大《おお》きい。

みんなの応援《おうえん》のかいあって、青木《あおき》くんは白組《しろぐみ》に差《さ》を少《すこ》しちぢめられただけで、三番《ばん》走者《そうしゃ》の奈津《なつ》にバトンをつなげた。

行《い》くぜ！　とばかりに飛《と》び出《だ》した奈津《なつ》。

「行《い》けーっ！　奈津《なつ》ーっ！」

手《て》をメガホンにして、亮介《りょうすけ》がさけぶ。

（こういうときは、野沢菜《のざわな》っていわないいんだね。）

そう思《おも》いながら、わたしも奈津《なつ》を応援《おうえん》した。

「奈《な》っちゃーんっ！」

奈津《なつ》は、さすがの走《はし》りで、ちぢめられていた白組《しろぐみ》との差《さ》を倍《ばい》に広《ひろ》げて、つぎの星野《ほしの》くんにバトンをわたした。

走《はし》り終《お》えた奈津《なつ》は、どんなもんだい、という得意顔《とくいがお》だ。

（奈《な》っちゃん、すごーい！）

わたしは、奈津《なつ》に向《む》けて、両手《りょうて》をふった。

そうしている間《ま》に、見《み》れば、星野《ほしの》くんはずいぶんと白組走者《しろぐみそうしゃ》に追《お》い上《あ》げられて、バトンは紅白《こうはく》ほとんど同時《どうじ》に第五走者《だいそうしゃ》にわたっていた。

「わっ、たいへんだ。結衣《ゆい》ちゃーん、がんばって！」

結衣《ゆい》は、必死《ひっし》の顔《かお》でバトンをふって走《はし》る。

けれども、少《すこ》しずつ白組《しろぐみ》に差《さ》をつけられている。

「わあーっ！」

コース上《じょう》にアンカーの二人《ふたり》が出《で》てきて、大《おお》きな歓声《かんせい》があがる。

わたしは、首《くび》をのばして、来賓席《らいひんせき》にいる祥子《しょうこ》さんを見《み》た。

祥子《しょうこ》さんは、ぴんっと背《せ》すじをのばして顔《かお》を上《あ》げ、ずっとはくしゅしていた。

スタートラインにいる大野《おおの》くんが、来賓席《らいひんせき》の祥子《しょうこ》さんを見《み》て、小《ちい》さくうなずく。

大野《おおの》くんは、近《ちか》づく白組《しろぐみ》の走者《そうしゃ》をふり返《かえ》りながら、助走《じょそう》を始《はじ》めた。

大野《おおの》くんの手《て》にバトンがわたる。

(大野《おおの》くん、がんばって!)

わたしは、祥子《しょうこ》さんのために祈《いの》った。

(あ、でも、宙《そら》くんもがんばってほしい!)

どうしよう? 宙《そら》と大野《おおの》くん。ほんとうは、どっちを応援《おうえん》したいのか、わからなくなってくる。

「おーい。結衣《ゆい》ーっ、がんばれーっ!」

スタートラインでさけぶ、宙《そら》の声《こえ》が聞《き》こえた。

宙《そら》も、少《すこ》しずつ助走《じょそう》を始《はじ》める。
くずれそうになりながら全力《ぜんりょく》でかけてきた結衣《ゆい》が、宙《そら》へバトンを持《も》つ腕《うで》をのばした。
「まかせろっ！」
バトンを受《う》け取《と》った宙《そら》が、そういったように見《み》えた。
その瞬間《しゅんかん》。わたしは、結衣《ゆい》に嫉妬《しっと》した。
(あぁ。わたしが、宙《そら》くんにバトンをわたしたかった。)
選手《せんしゅ》になることをあんなにいやがっておきながら、なんて勝手《かって》なわたし。
先《さき》に走《はし》りだしている大野《おおの》くん。
追《お》い上《あ》げようと走《はし》る宙《そら》。
その差《さ》は、やはり十メートルくらいだ。
「宙《そら》ーっ！」「行《い》けーっ！」
わきおこる歓声《かんせい》。

宙《そら》を気《き》にした大野《おおの》くんが、肩《かた》ごしに後《うし》ろをふり向《む》く。その一瞬《いっしゅん》のことだった。

バランスをくずした大野《おおの》くんが、もんどりうって肩《かた》から転《ころ》んだのだ。

「あぁっ！」

その場《ば》にいた人《ひと》すべてが、息《いき》をのんだ。

大野《おおの》くんの手《て》から飛《と》んだ白《しろ》いバトンが、コース上《じょう》を転《ころ》がる。

ちょうどそこへ走《はし》ってきた宙《そら》。

「またかっ！」

亮介《りょうすけ》が声《こえ》をあげた。

(宙《そら》くんっ！)

けれども宙《そら》は、足元《あしもと》に転《ころ》がってきたバトンを飛《と》びこすように、大《おお》きく足《あし》を前《まえ》に出《だ》したのだった。

となりのコースでは、肩《かた》をおさえた大野《おおの》くんが、やっと立《た》ち上《あ》がろうとしている。

なにもなかったように軽快《けいかい》に走《はし》る宙《そら》は、大野《おおの》くんの横《よこ》を走《はし》りぬける。

そのとき、会場《かいじょう》じゅうにどよめきがおこった。

「おおーっ！」

なんと、ふいに走《はし》りをやめた宙《そら》が、くるりと大野《おおの》くんをふり返《かえ》ったのだ。

「大野《おおの》、バトン、取《と》ってこいよ。」

宙《そら》がそういった。

距離《きょり》からして聞《き》こえないはずの宙《そら》の声《こえ》が、わたしには聞《き》こえたのだ。

あわてて、飛《と》んでいったバトンをひろいに行《い》く大野《おおの》くん。

宙《そら》は、その大野《おおの》くんのそばまでもどる。

コース上《じょう》に、バトンをにぎった大野《おおの》くんと宙《そら》がならんだ。

大野《おおの》くんに顔《かお》を向《む》けた宙《そら》が、ニヤッと笑《わら》う。

「行《い》くぜっ！」

宙《そら》の声《こえ》で、二人《ふたり》が同時《どうじ》に飛《と》び出《だ》した。

「うわーっ！」

まるでおしよせる波《なみ》のように歓声《かんせい》があがる。
宙《そら》と大野《おおの》くん。肩《かた》をならべて二人《ふたり》が走《はし》る。
(宙《そら》くんも……大野《おおの》くんも……、がんばって……がんばって……。)
わたしは、思《おも》わず胸《むね》の前《まえ》で両手《りょうて》を組《く》んで、祈《いの》る。
そして、気《き》がつくと、わたしは宙《そら》の名前《なまえ》をよんでいた。
「宙《そら》くん……宙《そら》くん……、宙《そら》くーんっ！」
ゴールまであと少《すこ》し。宙《そら》の肩《かた》が、少《すこ》しずつ少《すこ》しずつ前《まえ》に出《で》る。
大野《おおの》くんは、必死《ひっし》の顔《かお》で走《はし》る。
バーンッ！
ゴール合図《あいず》のピストルが鳴《な》った。
ほんの一歩《ぽ》の差《さ》で、先《さき》にゴールテープを切《き》ったのは、宙《そら》だった……。

11 秋《あき》の空《そら》は高《たか》い

放課後《ほうかご》の図書館《としょかん》。本《ほん》をかかえたひとみ先生《せんせい》が、貸出《かしだし》カウンターの中《なか》でほほえむ。

「そう。大野《おおの》くんのおばあさま、手術《しゅじゅつ》を受《う》けられることになったの？　よかったわね。」

「はい。来週《らいしゅう》の金曜日《きんようび》が手術日《しゅじゅつび》だって、大野《おおの》くんがいってました。」

わたしは、返却《へんきゃく》された本《ほん》を雅《みやび》から受《う》け取《と》りながら、そうこたえた。

「大野《おおの》くんったら、『心配《しんぱい》だから、学校《がっこう》を休《やす》んで、ばあちゃんにつきそう。』なんていって、ぎゃくに祥子《しょうこ》さんにしかられてたの。」

そばで聞《き》いていた雅《みやび》は、鼻《はな》で笑《わら》った。

「ふんっ。大野《おおの》くんらしいわね。」

運動会《うんどうかい》の紅白対抗《こうはくたいこう》リレーは宙《そら》が勝《か》って、運動会《うんどうかい》は赤組《あかぐみ》の勝利《しょうり》で終《お》わった。

宙《そら》が転《ころ》んだ大野《おおの》くんのところまでもどり、二人《ふたり》でゴールしたことは、しばらく学校《がっこう》じゅうで話題《わだい》になっていた。


あの日《ひ》……。結果的《けっかてき》に負《ま》けてしまったことで、ゴールしたあとの大野《おおの》くんは、クラス席《せき》にもどって打《う》ちひしがれていた。

けれどもそのとき、来賓席《らいひんせき》から車《くるま》イスをおしてもらって近《ちか》づいてきた祥子《しょうこ》さんが、声《こえ》をかけたのだ。

「優吾《ゆうご》、よくがんばったね。それに、優吾《ゆうご》は、いい友《とも》だちを持《も》ってるね。」

祥子《しょうこ》さんの声《こえ》に顔《かお》を上《あ》げた大野《おおの》くんの目《め》には、涙《なみだ》が光《ひか》っていた。

「でも、オレ、負《ま》けてしまった。ばあちゃんのために勝《か》ちたかったのに……。」

祥子《しょうこ》さんは、にっこりほほえんで、首《くび》を横《よこ》にふった。

「勝《か》っても負《ま》けても、どっちだっていい。大切《たいせつ》なのは、がんばること。優吾《ゆうご》はがんばった。だから、こんどは、わたしががんばる番《ばん》ね。だから、優吾《ゆうご》、見《み》ててね。」

「えっ？　『がんばる。』って？　じゃあ、ばあちゃん、がんばって手術《しゅじゅつ》を受《う》けるってこと？」

祥子《しょうこ》さんは、だまってうなずいた。

「やった……。やったぁ。あは、あはは……。」

大野《おおの》くんは、右手《みぎて》を突《つ》き上《あ》げて、泣《な》き笑《わら》いの顔《かお》を見《み》せたのだった。

それを近《ちか》くで聞《き》いていたのは、わたしと宙《そら》と亮介《りょうすけ》と奈津《なつ》と雅《みやび》。

わたしがくわしく話《はな》してきかせると、亮介《りょうすけ》は、

「なんて、ええ話《はなし》なんやぁ……。」

と、急《きゅう》に関西弁《かんさいべん》になって、奈津《なつ》に、

「なんでやねん。」とつっこみを入《い》れられていた。

「大野《おおの》くんが勝《か》ったらおばあさんが手術《しゅじゅつ》を受《う》け入《い》れるってわかってたら、宙《そら》は勝《か》ちをゆずったのに……。」

そういった亮介《りょうすけ》に、宙《そら》は「いいや。」と首《くび》を横《よこ》にふった。

「知《し》ってても、オレ、ぜったいに手加減《てかげん》はしなかった。それじゃ、真正面《ましょうめん》から戦《たたか》うことにはならない。」

正直《しょうじき》な宙《そら》。

宙《そら》のこういう一本気《いっぽんぎ》なところが好《す》きだ。

（ほんとうに……好《す》きだ……。）

胸《むね》の中《なか》でつぶやいただけなのに、うろたえてしまうわたしだった……。


図書館《としょかん》の窓《まど》は開《あ》け放《はな》たれている。

その向《む》こうには、青《あお》い宙《そら》。

あ、いや、青《あお》い空《そら》。

空《そら》は、どこまでも、どこまでも広《ひろ》がっている。

窓《まど》の向《む》こう、秋《あき》の空《そら》は高《たか》い……。

トキメキ♥図書館《としょかん》だより

第《だい》9号《ごう》

発行《はっこう》
朝日《あさひ》小学校《しょうがっこう》図書館《としょかん》

みなさん、こんにちは！　六年《ねん》一組《くみ》の図書《としょ》委員《いいん》の白石萌《しらいしもえ》です。

運動会《うんどうかい》も終《お》わり、小学校《しょうがっこう》生活《せいかつ》も残《のこ》りわずかになってきました。卒業《そつぎょう》までに、これからどんなトキメクできごとが待《ま》っているのかなぁ？

さて、今回《こんかい》は、今年《ことし》の夏《なつ》に行《おこな》われた「青《あお》い鳥文庫《とりぶんこ》　夏《なつ》のファンミーティング」に参加《さんか》してくれた「トキ♥図書《としょ》委員《いいん》」のみなさんに記事《きじ》を書《か》いてもらいました！　「トキ♥図書《としょ》」との出会《であ》いから、オススメの一冊《さつ》まで、ぜひ参考《さんこう》にしてね!!

ある日《ひ》、図書館《としょかん》でぶらぶらしていたら、とつぜんこの表紙《ひょうし》が目《め》の前《まえ》にとびこんできて、まるで本《ほん》が「読《よ》んで～！」って言《い》っているみたいでした。かわいい表紙《ひょうし》にもひかれて借《か》りると、おもしろすぎ！　どっぷりとハマりました～!!

いまではわたしの宝物《たからもの》です♥

（中一　ユイさん）

表紙《ひょうし》の絵《え》がかわいかったのと、「図書館《としょかん》」という言葉《ことば》にピンッときました！

（小四　海さん）

「パティシエ☆すばる」シリーズ

つくもようこ／作　鳥羽《からすば》 雨《あめ》／絵

この本《ほん》を読《よ》んでいると、いますぐお菓子《かし》が食《た》べたくなります！　そして、自分《じぶん》でも作《つく》ってみたくなります。すばる、カノン、渚《なぎさ》の活躍《かつやく》を応援《おうえん》していまーす!!

（小６　萌子さん）

わたしはこんなふうに
トキ♥図書《としょ》と出会《であ》いました！

クラスで「トキ♥図書《としょ》」を読《よ》んでいた友《とも》だちがいて、「おもしろいよ。」と言《い》っていたので、学《がっ》校《こう》の図書館《としょかん》で借《か》りて読《よ》んでみました。たしか、四年生《ねんせい》ぐらいだったと思《おも》います。それから、大好《だいす》きになりました。（小六　すみれさん）

きっかけは、本屋《ほんや》さんに行《い》ってたまたま見《み》つけたことです。おもしろそうだなと思《おも》って買《か》ってみたら、とてもおもしろくてビックリしました！　それから青《あお》い鳥文庫《とりぶんこ》が大好《だいす》きになりました。いまでは「トキ♥図書《としょ》」に出会《であ》ってほんとうによかったなと思《おも》っています。（小六　かすみさん）

「トキ♥図書委員《としょいいん》」からのオススメ本《ぼん》

あなたの大好《だいす》きな１冊《さつ》を
ぜひみんなに教《おし》えてね！（萌《もえ》）

「怪盗《かいとう》クイーン」シリーズ

はやみねかおる／作　K2商会《ケーツーしょうかい》／絵

いつもはぐーたらしているのに、なにかを盗《ぬす》むときは超《ちょう》かっこいいクイーンに、心《こころ》を盗《ぬす》まれました。「怪盗《かいとう》の美学《びがく》」はちょっぴり複雑《ふくざつ》だけれど……。あなたも赤《あか》い夢《ゆめ》を見《み》に行《い》こう！　（中１　ユッキーナさん）

図書委員会《としょいいんかい》　今月《こんげつ》の標語《ひょうご》
読書《どくしょ》の秋《あき》はやっぱり「トキ♥図書《としょ》」

あとがき

こんにちは、服部千春《はっとりちはる》です。

このあとがきを書《か》かせてもらうにあたっては、いつも、何《なに》を書《か》こうかなやみます。それでも、そのときどきの気持《きも》ちを正直《しょうじき》につづれば、いつか書《か》けているのが不思議《ふしぎ》です。そこで、さあ、十一巻目《かんめ》のあとがきです。

今回《こんかい》わたしは、作中《さくちゅう》でアンデルセンの『人魚姫《にんぎょひめ》』を引用《いんよう》しました。

わたしも、子《こ》どものころから、『人魚姫《にんぎょひめ》』は何度《なんど》も読《よ》んできました。小《ちい》さいころは、絵本《えほん》や絵童話《えどうわ》でした。小学生向《しょうがくせいむ》けの学習雑誌《がくしゅうざっし》のとじこみだったときもおぼえていて、挿絵《さしえ》まで思《おも》いうかびます。

少《すこ》し大《おお》きくなってからは、『アンデルセン童話全集《どうわぜんしゅう》』の中《なか》の一話《わ》として読《よ》みました。

この「トキメキ♥図書館《としょかん》」の中《なか》の奈緒《なお》ちゃんは、人魚姫《にんぎょひめ》が消《き》えてしまう結末《けつまつ》に納得《なっとく》がいかなくて、何度《なんど》も『人魚姫《にんぎょひめ》』を読《よ》みます。この奈緒《なお》ちゃんの気持《きも》ちは、子《こ》どもだったときのわたしと同《おな》じです。

わたしも、悲《かな》しい『人魚姫《にんぎょひめ》』の結末《けつまつ》には納得《なっとく》できませんでした。けれども、何度読《なんどよ》んでもお話《はなし》は変《か》わらないんですよね。もっとも、二度目《どめ》に読《よ》んだときは悲《かな》しいお話《はなし》だったのが、二度目《どめ》にはハッピーエンドになっていたら、それこそがミステリーですけれど。

ほんとうにアンデルセン童話《どうわ》は、悲《かな》しい話《はなし》やそら恐《おそ》ろしい話《はなし》がいくつもあり、たとえハッピーエンドでもどこかせつない物悲《ものがな》しさを感《かん》じさせます。それがゆえにずっと後《あと》を引《ひ》き、心《こころ》に残《のこ》る物語《ものがたり》が多《おお》いです。

アンデルセンの貧《まず》しかった生《お》い立《た》ちを、わたしは子《こ》どものときに伝記《でんき》で読《よ》みました。いつも空想《くうそう》の世界《せかい》で遊《あそ》んでいた、子《こ》どものころのアンデルセンは、いつしか空想《くうそう》と現実《げんじつ》とがいっしょになってしまって、アンデルセンの言動《げんどう》にしょっちゅうおとなたちがまどわされたことが書《か》いてありました。

そのときのわたしは、ずっと空想《くうそう》の世界《せかい》にひたっていられるアンデルセンのことを、うらやましく思《おも》ったことをおぼえています。というも、わたしもいつも空想《くうそう》の世《せ》界《かい》にひたってぼんやりしては、「なにぼうっとしてるの！」と、おとなたちからしかられてばかりでしたので……。

こんなにたくさんの作品《さくひん》を残《のこ》したアンデルセンですが、女性《じょせい》にはもてなかったというのは、どうやらほんとうのことのようです。なぜかと思《おも》って調《しら》べてみました。すると、「アンデルセンは鼻《はな》が大《おお》きく風貌《ふうぼう》に自信《じしん》がなかった。」とか、「声《こえ》がかん高《だか》くて変《へん》だった。」とか、さんざんないわれようです。今《いま》だったら、それも個性的《こせいてき》というものでしょうにね。

アンデルセンの童話集《どうわしゅう》に、図書館《としょかん》にはかならずあると思《おも》います。いろいろと考《かんが》えさせられると思《おも》いますので、読《よ》んでみてください。

さて、話《はなし》を「トキメキ♥図書館《としょかん》」にもどします。今回《こんかい》で十一巻目《かんめ》になりますが、ここまでつづけてこられたのも、楽《たの》しんで読《よ》んでくださるみなさんのおかげです。

いつも応援《おうえん》いただいて、うれしいお便《たよ》りを送《おく》ってくださるみなさん、ほんとうにありがとうございます。

なかには、十巻《かん》で完結《かんけつ》だと思《おも》って、もっとつづけてください、といってくれる人《ひと》もいます。いえいえ、「トキメキ♥図書館《としょかん》」は、まだつづきますので、どうぞもうしばらくおつきあいくださいね。

ほおのきソラさんが、とてもかわいく描《か》いてくださっている萌《もえ》や宙《そら》たちですが、六年生《ねんせい》も後半《こうはん》になって、少《すこ》しずつおとなになってきているのにお気《き》づきでしょうか？ 思春期《ししゅんき》の入《い》り口《ぐち》に立《た》っている萌《もえ》たち。自分《じぶん》の心《こころ》のうちに向《む》きあって、素直《すなお》にまっすぐに成長《せいちょう》していってほしいと思《おも》っています。

萌《もえ》、宙《そら》、海《かい》、奈津《なつ》、亮介《りょうすけ》、雅《みやび》、ソラや真理《まり》までも、それぞれに「ファン」のかたがいて、とてもうれしいです。あなたは、だれにいちばん近《ちか》いですか？

どうぞ、これからも応援《おうえん》をよろしくおねがいいたします。

二〇一五年《ねん》、秋《あき》　そろそろ紅葉《もみじ》が色《いろ》づきはじめたようです
服部千春《はっとりちはる》

＊著者紹介
服部千春《はっとりちはる》
京都府綾部市生まれ、京都市在住。
第19回福島正実記念SF童話賞で大賞を受賞し、同作『グッバイ！　グランパ』（岩崎書店）でデビュー。
主な作品に「四年一組ミラクル教室」シリーズ、「ここは京まち、不思議まち」シリーズ、『たまたま　たまちゃん』（以上、講談社青い鳥文庫）、『卒業うどん』（講談社）などがある。

＊画家紹介
ほおのきソラ
2010年、「第1回講談社ARIAコミックグランプリ」でグランプリを受賞し、デビュー。作品に「ワンニン！」、「ドロシーはご機嫌ななめ？」、「すたぴぃ～あなたはもっと輝ける～」、「戦国ヴァンプ」（以上、講談社）がある。

講談社　青い鳥文庫　　243-23

トキメキ♥図書館《としょかん》 PART11
——恋《こい》の大《だい》バトル!?——

服部《はっとり》千春《ちはる》

2015年12月15日　第1刷発行
2017年3月6日　第3刷発行

（定価はカバーに表示してあります。）

発行者　清水保雅
発行所　株式会社講談社
東京都文京区音羽2-12-21　郵便番号112-8001
電話　編集（03）5395-3536
販売（03）5395-3625
業務（03）5395-3615

N.D.C.913　238p　18cm

装　丁　城所　潤（ジュン・キドコロ・デザイン）
久住和代
印　刷　図書印刷株式会社
製　本　図書印刷株式会社
本文データ制作　講談社デジタル製作

（落丁本・乱丁本は、購入書店名を明記のうえ、小社業務あてにお送りください。送料小社負担にておとりかえします。）

■この本についてのお問い合わせは、青い鳥文庫編集まで、ご連絡ください。

ISBN978-4-06-285530-3

「講談社《こうだんしゃ》 青《あお》い鳥文庫《とりぶんこ》」刊行《かんこう》のことば

太陽《たいよう》と水《みず》と土《つち》のめぐみをうけて、葉《は》をしげらせ、花《はな》をさかせ、実《み》をむすんでいる森《もり》。小《こ》鳥《とり》や、けものや、こん虫《ちゅう》たちが、春《はる》・夏《なつ》・秋《あき》・冬《ふゆ》の生活《せいかつ》のリズムに合《あ》わせてくらしている森《もり》。森《もり》には、かぎりない自然《しぜん》の力《ちから》と、いのちのかがやきがあります。

本《ほん》の世界《せかい》も森《もり》と同《おな》じです。そこには、人間《にんげん》の理想《りそう》や知恵《ちえ》、夢《ゆめ》や楽《たの》しさがいっぱいつまっています。

本《ほん》の森《もり》をおとずれると、チルチルとミチルが「青《あお》い鳥《とり》」を追《お》い求《もと》めた旅《たび》で、さまざまな体験《たいけん》を得《え》たように、みなさんも思《おも》いがけないすばらしい世界《せかい》にめぐりあえて、心《こころ》をゆたかにするにちがいありません。

「講談社《こうだんしゃ》 青《あお》い鳥文庫《とりぶんこ》」は、七十年《ねん》の歴史《れきし》を持《も》つ講談社《こうだんしゃ》が、一人《ひとり》でも多《おお》くの人《ひと》のために、すぐれた作品《さくひん》をよりすぐり、安《やす》い定価《ていか》でおおくりする本《ほん》の森《もり》です。その一さつ一さつが、みなさんにとって、青《あお》い鳥《とり》であることをいのって出版《しゅっぱん》していきます。この森《もり》が美《うつく》しいみどりの葉《は》をしげらせ、あざやかな花《はな》を開《ひら》き、明日《あす》をになうみなさんの心《こころ》のふるさととして、大《おお》きく育《そだ》つよう、応援《おうえん》を願《ねが》っています。

昭和《しょうわ》五十五年《ねん》十一月《がつ》

講談社